W0468993

Ce

RECITS D'AVENTURES

pour Muriel en espérant
qu'ainsi elle connaîtra ma
vie et ma famille

Bien à vous

16/05/08

© Kerdoré-Siloë
ISBN 2-908924-30-7

RECITS D'AVENTURES

JEAN MORZELLE

Charles Tilmont, mon arrière-grand-père.

Charles TILMONT — **Romaine TILMONT**

Léontine, Romaine, Joseph, Antoinette — Claire, François

Gabrielle,

Gabrielle TILMONT — **Louis MORZELLE**

Louise, Gabrielle, — René, Jeanne, Robert

Pierre,

Pierre MORZELLE — **Eugénie MATHIEU**

Anne-Marie,

Jean

Jean MORZELLE — **Monique DEBOST**

Charles, Catherine, Bruno et Alain, Vincent

Charles → Morgan → Raphaël → Tholsan

Catherine → Alexandre

Bruno et Alain → Jean

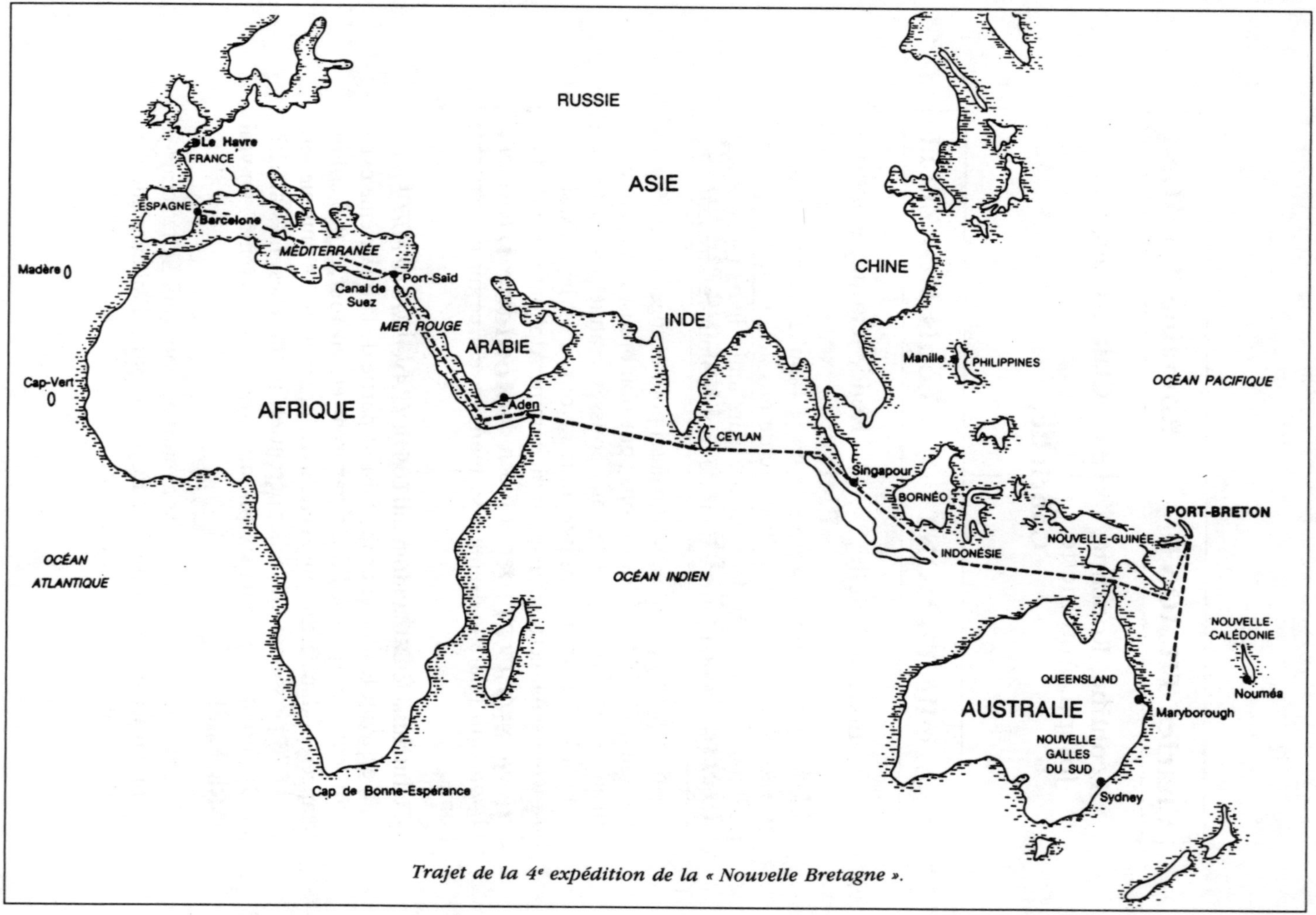

Trajet de la 4e expédition de la « Nouvelle Bretagne ».

Chapitre I

Dans la mémoire collective de notre famille, de génération en génération, on se raconte l'histoire de nos arrière-grands-parents qui, abandonnant tous leurs biens, leurs amis, leurs racines, leurs parents, partirent à l'autre bout du monde pour refaire leur vie...

Pour réaliser un rêve, peut-être aussi pour évangéliser les Papous, je ne sais ; en tout cas les raisons sont nombreuses, mais nous ne saurons jamais celles qui les ont poussés vraiment à partir, car c'étaient les leurs, mais ce que nous savons, c'est leur histoire qui fut racontée par certains avant moi, comme Alphonse Daudet dans *Port-Tarascon*, ou par Daniel Floch dans *Port-Breton, la colonie tragique* qui relate le drame à sa manière, car ce fut un véritable drame.

Ce fut aussi le Dr Baudoin qui écrivit *L'Aventure de Port-Breton* et qui en avait le plus le droit, faisant partie de la quatrième expédition, car quatre expéditions partirent et, en tout, 1 000 colons s'élancèrent dans cette folie, cette aventure meurtrière puisque seulement 70 personnes en réchappèrent et, parmi elles, mes arrière-grands-parents avec leurs six enfants ; tous se sauvèrent... un vrai miracle !

Si certains ont écrit sur cette aventure, pourquoi ne le ferais-je pas, moi qui suis de la famille ? Et je m'étonne d'ailleurs que personne ne l'ait racontée avant moi.

Situons d'abord le contexte de l'époque.

Nous sommes en 1880 : Jules Grévy est président de la République, la séparation de l'Eglise et de l'Etat va être déclarée, Jules Ferry y ajoute la laïcité de l'enseignement, et certains ont peur de cette situation nouvelle ; inquiétude de l'avenir, difficulté de la vie quotidienne, on travaille beaucoup pour un rapport modeste, les familles nombreuses sont les plus touchées.

Certains sont encore idéalistes, avec de grandes idées et des rêves intérieurs : Rêve... le mot est lâché, certains s'en emparent et décident de faire rêver, même si le procédé est malhonnête, et l'un de ces marchands de rêve est le marquis de Rays, gentilhomme breton qui fait paraître dans le *Petit Journal* du 26 juillet 1877 cette annonce :

COLONIE LIBRE DE PORT-BRETON.
TERRES A CINQ FRANCS L'HECTARE.
FORTUNE RAPIDE ET ASSURÉE SANS QUITTER SON PAYS.
POUR TOUS RENSEIGNEMENTS, S'ADRESSER A :
M. DU BREIL DE RAYS, CHATEAU DE QUIMARK EN BANABEC.
FINISTÈRE.

Port-Breton se situait en Nouvelle-Guinée, au milieu de l'océan Pacifique, dans les îles Bismarck au nord de l'Australie dont elle dépendait.

En 1879, trois mille adhérents avaient souscrit pour des sommes assez rondelettes, environ 500 000 F de l'époque, soit 100 millions d'anciens francs. Mais le marquis voulait encore plus ; le chiffre, bien que rond, lui semblait inférieur à ce qu'il pouvait en tirer ; il en fit donc un problème religieux, sous Jules Ferry, laïque à tout crin, c'était une idée de génie et en tant qu'adversaire du régime, chacun acheta des bons par opposition et on fit de la polémique à coups de billets de banque.

Lors d'une conférence à Marseille, le 4 avril 1879, le marquis prêchait :

« La pensée de notre Colonie libre est née d'un sentiment religieux et patriotique. Les déchirements de l'Europe, les images à

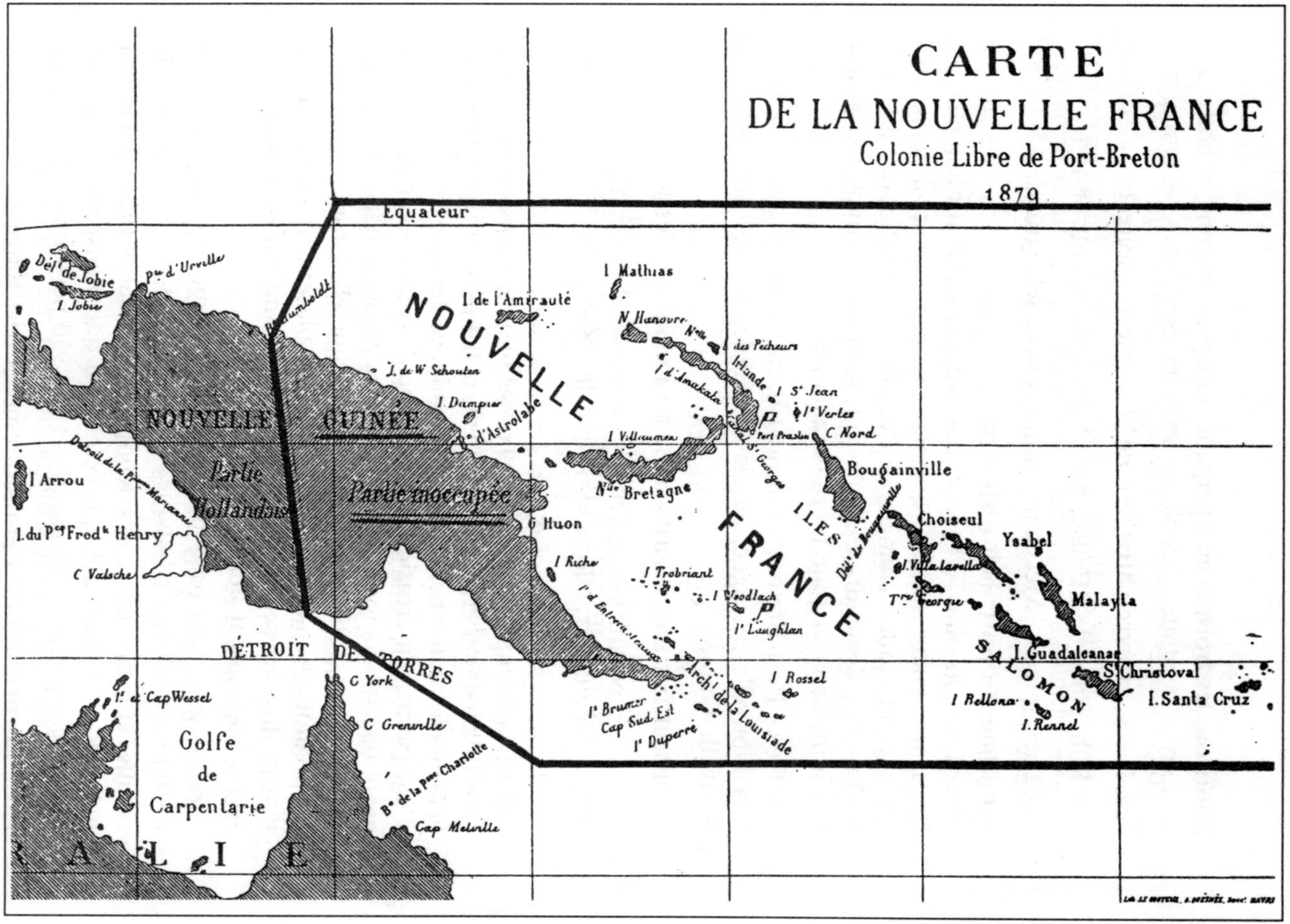
CARTE
DE LA NOUVELLE FRANCE
Colonie Libre de Port-Breton
1879
Equateur
NOUVELLE
FRANCE
ILES
NOUVELLE GUINÉE
Partie Hollandaise
Partie inoccupée
I. Mathias
I. de l'Amirauté
N. Hanovre
I. des Pêcheurs
Irlande
I. d'Amakata
I. St Jean
I. Vertes
Port Praslin
C. Nord
I. Villaumez
Nle Bretagne
Bougainville
Choiseul
Ysabel
Malayta
I. Guadalcanar
S. Christoval
I. Santa Cruz
SALOMON
I. Rennel
I. Bellona
I. Rossel
I. Trobriant
I. Woodlach
I. Laughlan
I. Riche
C. Huon
I. Dampier
I. de W. Schouten
I. Jobie
Pte d'Urville
I. Arrou
I. du Pce Frodk Henry
C. Valsche
DÉTROIT DE TORRES
C. York
C. Grenville
Cap Melville
Golfe de Carpentarie
Cap Sud Est
I. Duperré
Arch. de la Louisiade

l'horizon, les froissements perpétuels au plus profond de notre être, de notre sens intime, Catholiques et Français n'y sont pas étrangers...

« Hélas, pauvre patrie, qu'est devenue ta gloire ?

« Fille aînée de l'Eglise, qu'est devenue ta couronne ?

« Dieu le veut, Messieurs, notre œuvre sera grande ! »

Parlant du port, lieu d'élection de sa colonie, choisie par pur hasard un soir où il fit tourner une mappemonde sur laquelle, par jeu, il lança une fléchette qui perça en cet endroit, il pense qu'il n'y a qu'un nom à changer, le Port-Praslin de Dumont d'Urville et Duperrey deviendra Port-Breton, voilà tout ; il voit très grand, très loin, dans sa folie mégalomaniaque.

« De ce Port-Breton, continue-t-il, nos visées peuvent s'étendre à la Nouvelle-Bretagne, sur la Louisade, les îles Salomon et la Nouvelle-Guinée. »

Puis, il fait une description... à sa manière, des lieux :

« La température océanienne y est très modérée, malgré sa proximité de l'équateur, elle ne varie que de 2 à 3° entre 25 et 28 degrés.

« Le pays est très boisé, très fertile et admirablement arrosé ; il s'élève rapidement à partir de la mer, ce qui permet à chacun de choisir la hauteur et, par conséquent, la température qui correspond le mieux à son tempérament ; l'abondance des sources et des cours d'eau permet la création économique de toutes les industries exigeant une force motrice quelconque ; l'arrosage naturel du pays y facilite des conditions de fertilité exceptionnelles, toutes les productions coloniales sont possibles, dont le placement s'effectue vers l'Australie, beaucoup plus avantageusement qu'en Europe. Les vivres y abondent ainsi que le poisson. »

On ne peut faire plus plaisant tableau et plus idyllique aventure où tout est mâché, le port, la situation, la future abondance des récoltes et même les futurs débouchés. Au détail près, que le marquis n'y est jamais allé, que ce ne sont que mensonges et utopies, que l'escroquerie est flagrante, et que 930 personnes vont y périr.

Ce fut une des plus grandes escroqueries de ce siècle !

Je passe sur les considérations politiques et sur le zèle évangélisateur des pionniers qui, en plus de s'enrichir, devenaient des missionnaires à peu de frais, en somme : ils gagnaient en même temps de l'argent et leur salut.

C'est en Belgique, où il vivait, que Charles-Etienne Tilmont, très catholique, lors d'une soirée chez les Jésuites avec sa femme Romaine, entendit pour la première fois parler d'une expédition dans une île lointaine appelée Port-Breton : on fournit des terres ; il fait bon y vivre, il suffit d'y aller, de payer son passage et de partir par un des prochains bateaux ; déjà deux expéditions sont arrivées, et les renseignements donnés par les colons sont merveilleux au dire des religieux de la Compagnie de Jésus.

Charles est enthousiaste, sa décision est prise :

« Au lieu de vivre chichement ici, allons vers des cieux nouveaux nous bâtir une nouvelle vie, je connais la ferme, l'élevage, Dieu est avec nous, il ne peut rien nous arriver. »

C'est vrai qu'il a eu la vie rude jusqu'à présent : une jeunesse difficile pour ne pas dire malheureuse, élevé à la dure par sa grand-mère paternelle, pauvrement vêtu de toile usagée, n'ayant que peu à manger ; il allait, étant jeune, se réfugier chez son oncle le major Joseph-Clément Tilmont dont les deux enfants, Clément et Romaine, ses cousins germains, le réconfortaient, surtout sa cousine Romaine, son aînée de cinq ans, qui, plus instruite que lui, l'aidait et le dirigeait dans ses devoirs de classe, et ce qui devait arriver arriva, une idylle naquit entre les deux cousins, tous deux Tilmont.

Charles et Romaine se marièrent le 20 août 1856, Charles est épicier à Bruxelles, mais les affaires vont mal, l'affaire périclite et doit fermer. Charles tente une nouvelle expérience dans l'élevage, semble réussir, mais une épidémie survient et ravage le troupeau, cette fois, il est ruiné. Ses connaissances agricoles l'amènent comme régisseur du comte de Beaulieu, la vie continue et les enfants arrivent les uns après les autres ; les années passent, une certaine aisance s'ensuit ; puis la courbe s'inverse et la médiocrité s'installe à nouveau.

C'est le fait de vouloir s'en sortir à tout prix qui va pousser Charles à tenter le tout pour le tout et se lancer dans l'aventure, lui et les siens.

Au moment où il prend sa décision, trois expéditions sont déjà parties.

La première partit le 16 septembre 1879 à bord du *Chandernagor*, en emportant 160 colons. Ils débarquèrent à Port-Breton le 12 janvier 1880. De cette expédition, 12 colons seulement survécurent en se réfugiant à Nouméa. Les causes principales de ce drame furent la maladie, la misère, car ils furent abandonnés à bout de ressources, et certains même furent dévorés par des anthropophages.

La deuxième expédition eut lieu en mars 1880 à bord du *Génil* avec, pour capitaine, Rabardy, homme terrible qui n'avait pas toute sa raison, et sa discipline de fer fait qu'à l'arrivée à Singapour, la quasi-totalité de l'équipage déserte pour fuir ses mauvais traitements. Devant tant de défections, il doit engager un équipage malais pour arriver à Port-Breton.

La troisième expédition partit, comme les précédentes, de Barcelone, en juillet 1880, avec 340 personnes à bord de l'*India*. Sitôt arrivé à Port-Breton, le capitaine Le Prévost, devant ce qu'il y trouve, autrement dit la misère, la maladie et la malaria, renvoie le navire pour chercher des vivres et des médicaments afin de sauver les quelques survivants. Quand l'*India* revient, il n'y a plus de survivants... la malaria, la faim, le climat et les anthropophages ont eu raison de ceux qu'il a amenés.

Quel éden vers lequel se lance mon arrière-grand-père avec sa famille dans la quatrième expédition ! Mais eux ne savent rien ! Comment l'auraient-ils su, alors qu'il faut 4 mois pour avoir la moindre nouvelle et 8 mois pour obtenir la réponse à une question !

Sa décision est prise, il part ! Il vend tous ses biens en septembre 1880, paye son voyage et remet sa petite fortune, environ 25 000 francs, à la Compagnie de Jésus.

Certaines lettres de cette époque sont arrivées jusqu'à nous, dans lesquelles Charles écrit :

« *Quand je serai là-bas, dans mon enclos, je chasserai toute la journée et nous vivrons tranquillement en famille de gentilhomme campagnard, sans que personne ne nous dérange.* »

Il passe ses journées avant le départ à fourbir une collection de fusils de chasse de tous modèles, les préparatifs vont bon train ; la famille est prête à partir. Sur les huit enfants qu'ils ont eus, Léontine, l'aînée, vient de se marier avec Louis Hacault, un journaliste bruxellois, et s'apprêtent à partir pour le Canada ; Marie est décédée toute petite. Il reste donc six enfants : Romaine, Joseph, Antoinette, Gabrielle, Claire et François, pour prendre le grand départ.

Ils quittent Bruxelles le 14 novembre, comme l'indique Louis Hacault dans une lettre datée du 31 décembre 1880 :

« *Les Tilmont sont partis de Bruxelles le 14 novembre avec un arrêt à Rouen ; puis ils se sont embarqués le 7 décembre à bord de la* Nouvelle Bretagne, *un navire sucrier qui va s'établir dans la colonie de Port-Breton, pour se rendre à Barcelone qu'ils devront atteindre le 19 décembre. Ils s'installeront à l'hôtel Fonda de España, 11, rue Saint-Paul ; ils y resteront une quinzaine de jours avant de reprendre la mer pour la colonie.*

« *C'est le marquis de Rays qui paye les frais.* »

Ces détails nous sont révélés par le journal *Nouvelle France*, créé à la gloire et par le marquis de Rays, inventeur de Port-Breton, et comme ma famille possède la collection complète parue, j'ai en ma possession une série photocopiée se rapportant à la période relatée. On peut y lire :

« *La pensée de notre colonie libre est née d'un sentiment religieux et patriotique* » ;

et plus loin :

« *De ce Port-Breton, nos visées peuvent s'étendre sur la* Nouvelle Bretagne, *sur la Louisade, sur les îles Salomon, sur la Nouvelle-Guinée.* »

Mais pourquoi un millier de personnes, pour la plupart sensées, se sont-elles lancées dans une telle aventure ? C'est que ces gens furent les premières victimes de publicités mensongères, mais aussi pour ce qui fait toujours tourner le monde : l'appât de la fortune, j'ajouterai un troisième facteur qui pour certains d'entre eux était primordial : le fait d'aller convertir au christianisme ces peuplades lointaines. Peut-être est-ce un peu des trois raisons qui enthousiasma mon arrière-grand-père Charles et le fit se lancer dans cette folle aventure, lui-même, sa femme et leurs 6 enfants.

Mais il faut reconnaître que le marquis de Rays avait bien tendu ses filets et que le gâteau était alléchant comme l'indiquaient ses dépliants touristiques de l'époque, dans la *Nouvelle France*, son journal :

« *Vivez heureux, à l'abri des troubles politiques, des révolutions et des bouleversements sociaux ; fortune rapide et assurée, véritables fermes, belles exploitations, revenus considérables, un seul hectare de terre donnerait au plus pauvre colon un rendement de quelques milliers de francs par an !* »

Voilà la prose que l'on pouvait lire pour appâter les clients, et M. le marquis de Rays ajoutait qu'il « connaissait tout particulièrement et dans tous leurs détails les îles de l'Océanie qu'il avait choisies pour la création de la Nouvelle France ».

Hélas, un mensonge supplémentaire !

C'est dans cette ambiance que s'organisa et démarra la quatrième expédition, celle de la *Nouvelle Bretagne*, dont le capitaine était M. Henry et le médecin le Dr Baudoin qui écrivit *L'Aventure de Port-Breton* dont j'ai tiré la majeure partie des renseignements.

Ma famille, mes arrière-grands-parents et leur fille Gabrielle, ma grand-mère, s'embarquèrent dans cette galère.

Le vrai départ pour cette tragique aventure eut lieu le lundi 7 mars 1881, du port de Barcelone à bord de la *Nouvelle Bretagne*, vapeur de 400 tonneaux ; le marquis l'avait acheté à la compagnie sucrière Pasquier. Le matin du départ, à bord, avait lieu un banquet dans le petit salon avec le marquis, le consul du Liberia, le bateau battant pavillon libérien, de nombreux officiers du port et du navire, tous galonnés et chamarrés comme il se doit dans les grandes occasions, ainsi que le commandant Henry et sa femme, qui était du voyage et avait emmené son piano qui trônait dans un angle du salon. A ce petit groupe se joignirent le Dr Baudoin, médecin de l'expédition, et quelques colons libres. La chère fut bonne, le vin aussi et de nombreux toasts furent portés au succès de l'entreprise ; puis, le moment de se quitter arriva.

Des mains furent serrées et tout le monde poussa des « Hourras » et des « Vivats », « Vive le marquis de Rays ! Vive la Nouvelle France ! »

Mais était-ce les remords, la honte, la crainte ? Toujours est-il que le marquis partit en toute hâte, la tête baissée, entouré de sa cour, traversa la foule joyeuse qui l'acclamait et se dirigea vers l'échelle, descendit dans son canot, suivi de ses amis qui, avec lui, quittèrent le bord et s'éloignèrent à toutes rames vers Barcelone sans se retourner une seule fois.

Sa conscience peut-être devait déjà le tourmenter de lancer vers l'île fatale ses 180 passagers, colons libres, ses 67 miliciens volontaires commandés par Duval de Mondrainville et les 30 hommes d'équipage sous les ordres du commandant Henry, maître après Dieu de la *Nouvelle Bretagne* qui, en ce début d'après-midi, s'éloignait des côtes de Catalogne pour cette quatrième expédition.

Sitôt la jetée franchie, le beau temps aidant, la joie du départ faisait que l'ambiance à bord était euphorique : chacun s'installe et la vie s'organise. Le commandant Henry montre son autorité en donnant à chacun des tâches précises : les miliciens doivent s'occuper de la garde et de certains travaux de nettoyage ; des réceptions sont organisées par le commandant qui recevra, les jeudis et les dimanches, dans son salon, les personnels responsables civils et militaires, par petits groupes désignés à l'avance.

Voici un croquis de cette première journée : table bien servie, vins excellents, café, liqueurs et cigares ; le capitaine, un peu hautain, vu la charge et les soucis qui sont les siens de mener à bon port femmes et enfants de colons qui jouent sur le pont et se poursuivent dans les coursives une fois l'émotion du départ passée.

Lors de cette première journée, les conversations vont bon train sur la tenue négligée de l'abbé Denis, l'aumônier du groupe, mais l'organisation des repas prend toute son importance comme l'indique le journal de bord :

« Les officiers mangent aux premières ;

les sous-officiers mangent à une table de sous-officiers au faux pont de l'avant ;

les heures de repas pour la troupe sont les mêmes que celles de l'équipage, à savoir :

8 heures du matin : café, sucre, biscuits, eau-de-vie ;

midi : soupe de légumes, viandes et légumes, un quart de vin ;

5 heures du soir : soupe légumes, ragoût ou légumes secs assaisonnés, vin, biscuits à tous les repas à raison de 750 grammes par jour ;

pain frais les jeudis et dimanches pour les hommes, le pain devant être réservé pour les femmes et les enfants. »

L'inauguration des réceptions prévues eut lieu le 10 mars, Mme Henry y fit les honneurs avec une grâce charmante.

Le samedi 12 mars, jour de communication du capitaine, il informe M. Duval de Mondrainville qu'un de ses volontaires n'ayant pas obéi à ses ordres, il le renverra à l'escale de Port-Saïd, pour insubordination, de la manière la plus économique, et avertit les miliciens que la moindre incartade sera sanctionnée.

La navigation continue avec toujours un très beau temps ; après avoir croisé les Baléares et la Sardaigne, nous sommes au large de Malte et la mer se creuse un peu aujourd'hui, ce qui provoque quelques dérangements.

Dimanche, un autel est dressé sur le pont et la messe, où tout le monde est invité, va être célébrée par l'aumônier, l'abbé Denis. Ces dames ont sorti leurs toilettes, les officiers leurs uniformes, les soldats leurs costumes d'ordonnance ; le capitaine Henry est en grand habit, le Dr Baudoin lui-même se montre dans cette foule recueillie, toute pimpante sous les couleurs coloniales. La cérémonie est magnifique de majesté : le soleil resplendit, la mer est calme, l'atmosphère pleine de paix et de sérénité. L'expédition semble partie sous les meilleurs auspices, et les prières ferventes montent dans le ciel et appellent les bénédictions divines.

Le 14, le journal de bord note qu'un nouveau soldat, ayant manqué de respect à une passagère, sera débarqué à Port-Saïd, lui aussi.

Le 16, face à Alexandrie, des instructions sont précisées pour la tenue du personnel qui descendra à terre afin qu'une bonne opinion soit donnée à tous sur l'expédition.

Le 17, de bonne heure, le phare de Port-Saïd se fait voir au loin et, petit à petit, la terre d'Egypte paraît à l'horizon : vers 8 heures du matin, nous accostons à quai. Très tôt, nous descendons à terre où tout ce beau monde envahit les rues poussiéreuses, odorantes, où se presse une foule bruyante qui commence à sentir l'Orient tout proche.

Le 18, le commandant Henry offre à dîner à bord de la *Nouvelle Bretagne* au consul d'Espagne et à son chancelier. Tout le monde les entoure et les fête. Il est certain que le fait le plus important à retenir du passage à Port-Saïd c'est la constatation officielle de la protection du gouvernement espagnol sur l'expédition. En effet, l'Espagne a donné ordre à ses consuls de traiter les navires de la colonie battant pavillon libérien à l'instar des navires espagnols eux-mêmes, et le capitaine Henry a l'air de se ranger sous la bannière espagnole.

Cependant, on s'apprête à repartir, on prend congé du consul que M. Henry raccompagne, on va larguer les amarres, la machine est sous pression et les pilotes du canal et de la mer Rouge sont à bord. Mais au moment de partir, on doit laisser la priorité à un transport de troupes anglaises l'*Assyrian-Monarch* qui transporte des soldats pour le Transvaal : la guerre des Boers y fait rage.

Nous partons enfin, il est 3 heures de l'après-midi, mais à peine partis, on doit s'amarrer à un poteau pour que le convoi se forme et que les divers bateaux prennent leur place. Et nous attendons là toute la soirée et toute la nuit. Pendant ce temps, le convoi s'est formé, mais ce n'est que le lendemain matin qu'enfin on s'ébranle pour marcher à pas de tortue ; on doit encore s'arrêter quelques heures plus tard pour laisser passer un convoi de 5 à 6 bateaux qui, lui, remonte de Suez ; enfin, nous partons à très petite allure dans ce canal sablonneux et monotone, coupé de temps à autre par des bouquets de palmiers ; le voyage est fastidieux, la chaleur intense.

Voici le récit succinct de la *Nouvelle Bretagne* à travers le canal de Suez à 2 ou 3 milles en moyenne de vitesse, soit environ 10 kilomètres à l'heure.

Nous traversons le lac d'Ismaïlia et, le lendemain 20 mars, deux jours plus tard depuis Port-Saïd, nous arrivons en vue de Suez, où nous laissons le pilote du canal et nous entrons dans la mer Rouge ou plutôt dans le golfe de Suez qui fait partie de la mer Rouge.

A ce sujet, voilà ce qu'on écrivait dans *La Nouvelle France* le 16 septembre 1883, journal qui relatait le voyage pour les souscripteurs de bons :

« *La mer Rouge, l'épouvantail des voyageurs et le souci des capitaines, la mer Rouge, présentée de Barcelone comme devant être le tombeau de la famille Tilmont.* »

Mais ici, une parenthèse devient nécessaire.

M. Tilmont était le cauchemar du capitaine Henry, la bête noire des officiers et souvent leur bouc émissaire. On doit convenir à la vérité que le colon belge, si connu de nos lecteurs, ne brillait pas par l'aménité de son caractère : esprit pointilleux et frondeur, au sourire moqueur, aux lèvres pincées par l'ironie et à la parole sarcastique, il promenait son regard scrutateur autour de lui et avait fini, par suite d'une habitude invétérée, par s'adjuger le droit de prononcer définitivement sur toutes choses. Ce n'était point un mauvais homme ; il avait même des qualités excellentes qu'il montrait à ses jours fastes ; bref, c'était l'un des aimés de cette race : mauvaise tête, bon cœur !

En dépit de tous les obstacles et malgré tous les avis, il avait voulu s'embarquer pour la colonie de Port-Breton, mais pendant la première partie de la traversée, du Havre à Barcelone, il avait tellement agacé M. Henry que celui-ci résolut de s'en défaire. La chose n'était pas aisée avec un tempérament comme celui de M. Tilmont, homme tenace, vraie sangsue et ergoteur en diable. On essaya cependant : comme il fallait un prétexte sérieux, le capitaine Henry trouva naturellement celui de la mer Rouge. Il déclara solennellement que plusieurs membres de la famille Tilmont étaient incapables de résister au passage de cette mer et, qu'en conscience, il ne pouvait tolérer l'embarquement de cette famille, son honneur et sa responsabilité de capitaine ne le lui permettant pas. Et pour donner plus de poids à son affirmation, il appela à la rescousse le Dr Baudoin, dont le bon naturel est toujours enclin à rendre service à celui qui le paie et qui, après avoir rédigé un avis savamment motivé dans le même sens que le capitaine, riait sous cape avec lui du joli tour qu'ils faisaient à ce Belge incommode.

Cependant, ils ne connaissaient point leur homme. Plus entêté qu'un Israélite, M. Tilmont tenait à son passage de la mer Rouge. Il avait juré de contempler de ses yeux la terre qui avait été le témoin des merveilles de Dieu en faveur de son peuple et il avait, à cette intention, écrit des notes volumineuses relatives au point précis du passage des Hébreux. Il soutint donc qu'il avait payé son passage jusqu'à Port-Breton, pour lui et sa famille, et persistait à vouloir y aller.

Quant à l'avis du Dr Baudoin, il ne lui offrait pas le caractère de désintéressement désirable et la déclaration du capitaine : « sentait, disait-il, son homme d'une lieue ». Bref, il ne voulut pas en démordre, en appela à un médecin espagnol mieux informé, gagna son procès, s'embarqua sur la *Nouvelle Bretagne*, vit les contrées illustrées par Moïse et traversa parfaitement la mer Rouge, lui et les siens, à la barbe de ceux qui l'avaient condamné, narguant ses ennemis et persiflant plus que jamais.

Je dois raconter ici un incident qui s'est passé à l'entrée de la mer Rouge. Le pilote arabe qui veille aux destinées de l'expédition dort, accroupi dans un coin de la dunette. La nuit est belle, la lune éclatante, la visibilité parfaite, la mer tranquille. Tout respire la paix et la sérénité sur le navire comme dans l'atmosphère.

Au loin, sur la gauche, on peut suivre du regard les derniers échelons de la chaîne arabique, tandis que les côtes qui se déroulent de l'autre côté ont complètement disparu. La chaleur de la nuit est modérée ; l'officier de quart, séduit par le spectacle, rêve à sa fiancée en marquant le pas de sa promenade monotone. Quant au capitaine Henry, il dort depuis longtemps, dans sa cabine.

Tout à coup, on entend retentir au milieu du silence général la voix stridente du matelot de vigie qui signale des rochers à peu de distance et le bateau va droit dessus. L'arabe sort de sa léthargie. L'officier ne rêve plus : il a le temps d'exécuter un mouvement subit qui permet d'éviter de justesse les dangereux écueils sur lesquels nous allions buter, l'expédition est sauvée, et le bateau aussi.

Ces rochers redoutables sont connus, ils figurent sur toutes les cartes sous le nom de Rochers des deux frères. Tous les avaient perdus de vue, l'un dormait, l'autre rêvait et le barreur pensait qu'on les avait déjà passés. La sécurité en mer doit être de tous les instants et tout manquement peut être funeste.

Avec la chaleur, nous arrivâmes enfin à Aden, en parfaite santé, le 28 mars, à l'issue du dîner. Cependant, à partir de ce moment-là commencèrent à se manifester des cas de dysenterie, rien que de plus normal sous des latitudes tropicales. Certains pensaient à un empoisonnement, alors qu'il s'agissait plutôt de la maladresse d'un cuisinier manipulant une bassine de cuivre, la cause de ce dérangement qui ne fut en réalité que passager. Une raison supplémentaire pouvait être également responsable de ces malaises, la saleté des « secondes » ; les passagers se plaignaient en effet continuellement de l'hygiène, qui laissait à désirer. Suivant les classes, tout s'améliorait au fur et à mesure que l'on grimpait dans la hiérarchie. Il était assez difficile de se faire entendre des responsables, car le capitaine Henry semblait se préoccuper surtout des premières et oublier totalement les autres classes de son navire.

Il avait, en outre, une autorité quelque peu tyrannique, allant jusqu'à mettre aux fers dans la cale pendant 48 heures un M. Mulot qui s'était plaint un peu vertement de la nourriture ; n'admettant pas le reproche, le capitaine le mit aux fers à fond de cale pour avoir trouvé les haricots mal assaisonnés !

La vie continue à bord. Pour meubler le temps monotone, des colloques et des conférences s'organisent. L'une d'elles traite de la culture du café à Port-Breton et c'est devant un auditoire important, où le commandant et Mme Henry sont présents ainsi que le docteur et les officiers, que M. Pitoy intervient. Or, tout ce monde s'amuse, riant aux éclats et applaudissant plus que de raison cet orateur qui n'en demandait pas tant et qui commence à bafouiller ; chaque accroc grammatical, ou chaque bévue agricole, est ponctué de bravos qui ridiculisent le pauvre agronome. Mais son discours va tourner court, car le cri terrible, et celui du plus grand danger, vient de retentir : « Au feu ! » Le cri est parti de l'avant. Le commandant et les officiers se précipitent ; l'orateur reste seul sur son estrade et les spectateurs courent en tous sens ! L'émoi est de courte durée, les passagers se ressaisissent, pourtant le danger reste réel. C'est une lampe qui a été renversée dans le pont des troisièmes. Le pétrole s'est enflammé et les plus pressés, voulant éteindre au plus vite ce début d'incendie, ont jeté de l'eau, ce qui n'a fait qu'aviver le feu, aggravant le danger. Mais le capitaine arrive, fait jeter sur les flammes matelas et couvertures qui ont tôt fait d'étouffer les velléités incendiaires de cette lampe volante.

Après ces divers incidents et la chaleur de la mer Rouge, il est temps de toucher terre. Les passagers sont impatients de débarquer. Nous arrivons en rade d'Aden le 28 mars ; il est 23 heures et après les manœuvres de mouillage, chacun cherche à s'installer au mieux à Steamer Point afin de se remettre des fatigues du bord et, pour récupérer au mieux et changer de leurs habitudes, les passagers s'installent à l'hôtel local.

Lorsqu'on arrive à Aden, les premières constructions qui frappent le visiteur sont les tombes du cimetière arabe, éparses çà et là, sur le versant de la colline qui domine la ville. La désolation qui entoure cette cité où tout est brûlé par le soleil, où il n'y a pas la moindre trace de végétation, où tout semble frappé par une malédiction divine, ajoute à l'angoissante atmosphère du lieu.

Ces roches éclatées, frappées par la stérilité et le soleil, cette poussière qui s'élève dès que le vent souffle, ces minarets au-dessus de la ville qui tendent leurs bras comme une prière font penser à la légende des Arabes du Yémen d'après laquelle, autrefois, c'était une région fertile et verdoyante ; mais Caïn s'y étant réfugié après avoir

Steamer Point.
Rade d'Aden. Photos d'époque.

commis son forfait pour fuir la vengenace de Jéhovah, ce dernier en fit son tombeau et le pays, de riant, fut transformé en ruines et en champ de mort sous le poids de la malédiction divine qui poursuivait le père des meurtriers. La légende ajoute qu'il en sera ainsi tant que les os du premier coupable souilleront de leur poussière maudite le sol de la contrée.

Mais les Anglais qui occupent les lieux ne sont pas préoccupés de légendes et se sont installés afin de faire un point d'ancrage à leur influence sur la région, face à Djibouti où règne la France.

Ils ont amené tout ce dont ils ont besoin pour vivre. Des caravanes de chameaux arrivent la nuit avec le fourrage, la nourriture, les matériaux et même l'eau nécessaire à la vie de la cité. C'est dans cette ville maudite qu'eut lieu un autre incident, bénin dans la forme, mais démesuré par les conséquences.

Les passagers sont donc à l'hôtel pour la plupart et le soir du 29, le commandant Henry, sa femme et quelques amis, en bande joyeuse, se rendent à l'hôtel de l'Univers où loge M. Shurmann, citoyen hollandais qui a invité le consul de Hollande, son compatriote. Ces deux messieurs saluent les nouveaux venus et M. Henry se colleta avec eux car, dit-il, « il ne salue pas n'importe qui ! ». La conversation s'envenime, dégénère bientôt en dispute, on se menace et on se quitte ennemis jurés.

On ne peut comprendre la raison de cette flamme si l'on ne sait que certains bruits courent parmi les passagers, mi-raillerie mi-crainte, sur l'autorité du bord, et que ces bruits sont parvenus aux oreilles du capitaine, à savoir :

1° que c'est la Providence qui dirige le bateau et non son capitaine ;

2° que nous avons déjà évité de nombreux dangers miraculeusement ;

3° que l'on manque d'égards vis-à-vis des officiers étrangers du bord.

Le capitaine s'adresse à Me Chambaud, le notaire de l'expédition, afin que l'on débarque les fauteurs de troubles et ceux qui approuvent leurs méthodes.

Devant la proportion que prend cette affaire, un tribunal doit être formé et rendre un verdict.

M. Henry présidera, assisté de M. Calmels, le second, du Dr Baudoin et de l'abbé Denis ; des passagers seront entendus, entre autres MM. Tilmont et Hautermann cités à comparaître devant cette étrange juridiction, le 30 mars à quatre heures.

Chacun, le lendemain, est exact au rendez-vous. Le capitaine Henry se présente seul, ne répond qu'à peine aux salutations d'usage, parle de choses et d'autres, sur l'aspect désolé de la contrée ou sur la difficulté de vivre en ces lieux ; quand on arrive au but de la réunion, il minimise la chose au maximum et précise que, la nuit portant conseil, et bien que son autorité ne doive pas être mise en cause, les bruits qui courent ne seront pas pris en considération. On ne sut jamais pourquoi une telle action avait été entreprise et pourquoi il avait essayé de diviser la colonie. La joyeuse ambiance du départ était maintenant dissipée et chacun craignait, d'une manière diffuse, le lendemain. Le capitaine avait voulu débarquer des colons qui avaient payé leur passage jusqu'à Port-Breton, de quel droit ? De quel pouvoir usait-il ? L'harmonie était rompue, la confiance générale entamée, les passagers craintifs et le repas du soir fut glacial.

Il semblait que le capitaine n'aille pas bien, qu'il soit malade ou dérangé et, sous ces latitudes, lorsque le chef est malade, on risque de courir au désastre. Le tout fut envenimé lorsque l'abbé Denis, se croyant chargé d'une mission divine, pérora sur le pont dans des homélies incompréhensibles sur le choix que Dieu avait fait de lui !

Mais il faut continuer le voyage et les vivres étant renouvelés, le mazout fait, l'eau supplémentaire embarquée, le premier avril à quatre heures de l'après-midi, la *Nouvelle Bretagne* quitte son mouillage en rade d'Aden. On longe pendant un long moment la côte du Yémen et laisse comme à regret cette terre qu'on a presque toujours eu en point de mire, et que l'on va perdre totalement pour ne la retrouver qu'à Ceylan. On va désormais parcourir cette distance seuls entre ciel et mer : c'est vraiment l'entrée dans l'inconnu, l'océan Indien est immense, et devant cette immensité tous éprouvent une certaine angoisse que l'ambiance générale n'améliore pas.

Nous sommes partis pour quinze jours de mer, notre plus grande traversée ; le problème numéro un est l'eau potable. Nous en avons juste le compte ; nos réserves sont pleines et ne permettent pas de surplus. Il est donc vital de faire attention aux dépenses. Ce n'est que le 9 avril, à mi-chemin, qu'une note du capitaine rationne l'eau pour tous et donne 4 litres à chacun pour 24 heures car, chose incroyable, le responsable de la cambuse s'est trompé dans l'estimation de consommation pour 15 jours de traversée, puis, refaisant ses calculs, le 11 avril il faut réduire à 2 litres par jour pour pouvoir arriver à bon port. On supprime même le café et le thé jusqu'à l'arrivée ! Comprenne qui pourra !

Le commissaire, lui, est relevé de son poste et remplacé par un sous-lieutenant. Heureusement, 48 heures plus tard, l'île de Ceylan est en vue et le soulagement de tous bien visible. La *Nouvelle Bretagne* entre en rade de Pointe de Galle le 15 avril, vers 16 heures. Bientôt les passagers se sauvent à terre pour y respirer un air de liberté, au milieu d'un paysage enchanteur, avec des arbres les plus merveilleux, des fleurs géantes, des parfums et des fruits de toutes sortes, des éléphants nonchalants et des gens qui vous sourient tout le temps, dans leurs sarongs multicolores.

L'île est actuellement anglaise, cependant, on ne peut oublier qu'il y a quelques années, le bailli de Suffren entra dans ce même port pour y capturer la flotte anglaise et y ficher le pavillon de la France : Ceylan, île sainte des Indoustans, théâtre des aventures racontées dans le Ramângana, leur grand poème religieux dans lequel l'auteur la désigne sous le nom de Lanka. Depuis la chute du royaume indigène de Kandy, Ceylan est devenue l'un des plus riches joyaux de la couronne britannique. Avec un chemin de fer qui relie Pointe de Galle à Colombo, âme de l'île avec ses 100 000 habitants et ses immenses cultures, le sol est partout fertile et on y rencontre à profusion le cocotier, la cannelle, le lin, le chanvre, le coton, l'indigo, le riz, la canne à sucre, le cacao, toutes les épices et le thé, bien sûr.

On y fait grand commerce de pierres précieuses, surtout des perles, et d'essences d'arbres recherchés : le teck, l'ébène, et de nombreux animaux exotiques peuplent ses forêts du nord.

Rade de Colombo. Photo d'époque.

On quitte Ceylan à regret deux jours plus tard, le 17 avril, jour de Pâques, peu après la visite du consul espagnol. A chaque étape, en effet, nous avions la visite des autorités espagnoles, mais les nouvelles que nous donnait celui-là sont dramatiques, comme nous devions l'apprendre plus tard.

A peine étions-nous en mer, le capitaine Henry nous convoqua pour une communication ; nous nous sommes rendu compte que les nouvelles transmises au commandant par le consul d'Espagne paraissaient d'une extrême gravité. Malgré les dissensions qui régnaient parmi les divers groupes et les diatribes débiles de l'abbé Denis, il semble que tout le monde ait envie de se regrouper pour faire face à un danger inconnu qui nous guette.

Le 20 avril, le capitaine Henry nous informe qu'il veut dédoubler l'expédition, fréter un navire à voiles pour y embarquer femmes, enfants et pères de famille ; quant à lui, avec les militaires et quelques hommes dévoués, il prendra les devants afin d'arriver au plus tôt à Port-Breton et y préparer l'installation pour tous. Il désire connaître l'opinion de chacun sur ce projet.

Après cet exposé, il se retire, laissant tout son monde perplexe, car à part quelques intimes, personne ne connaît les raisons de ce brusque changement d'attitude et de résolution. Ce mystère semble plein de menaces ; si la situation est grave, au moins que l'on sache de quoi il s'agit, chacun pourra alors émettre un avis en connaissance de cause.

Un homme surtout veut des explications catégoriques et n'est pas disposé à se prêter au plan du commandant à l'aveuglette, sans avoir examiné les motifs de sa conduite. On aura deviné M. Tilmont ; ce Belge au caractère entier, presque brutal, ennemi de tout calcul, qui voulait démasquer, disait-il, la dissimulation et l'hypocrisie partout où il les rencontrerait, annonça qu'il exigera des déclarations et des réponses précises et, comme on va le voir, il tint parole.

Une nouvelle réunion était fixée au 22 avril, cette fois la convocation englobe tout le monde. Le débat commence et on parle de tout et de rien, quand, tout à coup, M. Tilmont interpelle directement le commandant en le priant de faire connaître les motifs qui l'ont poussé à envisager le démembrement de l'expédition :

« Vous voulez savoir, Monsieur Tilmont ? s'écrie le marin en frappant sur la table, eh bien ! je parlerai et tant pis pour ceux qui seront effrayés ! »

Là-dessus il se fait apporter une longue dépêche qu'il lit à l'assemblée silencieuse d'une voix émue et vibrante dont voici le sens général :

« Pendant l'absence de M. Prévost, le gouverneur actuel de Port-Breton qui est à Sydney, malade, des meneurs se sont révoltés, ont pris le navire India *qui les avait amenés lors de la troisième expédition, ont obligé son commandant, le capitaine Leroy, à les conduire à Nouméa où l'*India *et ses marchandises ont été saisis par le gouvernement français.*

« Il semblerait que la totalité de la colonie ait fui ; le Génil, *navire du marquis de Rays qui était allé chercher des vivres à Sydney, devait être de retour à Port-Breton, mais rien n'est moins sûr, à bord doivent se trouver du matériel et des animaux domestiques.*

« Quoi qu'il en soit, le marquis de Rays nomme le capitaine Henry gouverneur provisoire de Port-Breton avec toutes les prérogatives de son rang, lui ordonne de se défaire de tous ceux dont le courage ne serait pas à la hauteur des circonstances, recommande l'union de tous autour du nouveau gouverneur. »

Voici donc la raison pour laquelle le gouverneur voulait séparer les colons en deux groupes. Il déclara que le marquis pouvait compter sur lui, qu'il n'avait aucune crainte, qu'il saurait relever la colonie si tout le monde l'aidait dans sa tâche, concluant : « Courage et confiance ! »

L'assemblée approuva son attitude et se sentit solidaire. Le danger rapproche les hommes. On sait gré au capitaine d'avoir parlé. On félicite M. Tilmont de son initiative énergique et tous déclarent qu'ils sont prêts à aller de l'avant malgré tout. En se séparant, le capitaine et l'aumônier serrent les mains de tous les assistants, indistinctement, comme pour sceller une union sacrée, oubliant ainsi les divergences de la veille. Cette séance mémorable eut lieu dans la soirée du 21 avril 1881 au large de Sumatra.

Le lendemain, les langues vont bon train, tous s'entretiennent des nouvelles données : la désertion de l'*India*, le lâche abandon de Port-Breton, le nouveau gouverneur... On pérore avec animation sur la réunion d'hier, mais surtout on se communique à mi-mot les craintes qu'inspire l'avenir. L'heure de l'exaltation est passée et la réflexion est venue, longue, grave, douloureuse, elle est la réalité très inquiétante de quelque façon qu'on la considère : il n'y a plus d'illusions possibles, la colonie n'existe plus. Elle est vide de colons et malgré la présence possible du *Génil*, il semble que plus rien n'existe, et ce, malgré trois expéditions qui nous ont devancés et six cents colons qui sont déjà arrivés à Port-Breton.

Mais le silence du marquis sur l'avenir de la colonie, soi-disant un paradis, est des plus angoissants !

Que reste-t-il sur place ? Qu'allons-nous trouver ? Y a-t-il des cultures en train ? Y a-t-il seulement des bâtiments ? N'est-il pas plus naturel de supposer que la colonie a été pillée et saccagée par les canaques après la fuite des Européens ? Pourquoi ont-ils fui un paradis que tout le monde vante en Europe ? Pourquoi exposer des enfants, des femmes, des familles nombreuses ?

Tous ne savent plus que penser, sans compter la cruelle déception qui tombe tout à coup en découvrant que Port-Breton est abandonné, ruiné, désert. Ne vaut-il pas mieux envoyer en avant les militaires et des volontaires pour préparer l'arrivée du gros des colons ? La proposition du gouverneur semble rallier tous les suffrages, mais l'unanimité cesse quand il s'agit de la mettre à exécution. Certains sont opposés au démembrement des familles, ils y trouvent plus d'inconvénients que d'avantages ! Quelle ne serait pas l'anxiété des femmes et des enfants restés en arrière ? Mieux serait de maintenir les familles entières que d'en éparpiller les membres. En résumé, il serait préférable de laisser aux familles la liberté de choisir leur solution.

Le plus grand nombre approuve qu'il convient de ne rien arrêter de définitif pour le moment et de ne rien précipiter. Il serait prématuré de s'attacher à un plan définitif, en l'absence de données suffisantes. On a parlé d'un long séjour à Singapour, on y recevra donc de plus amples informations et chacun sera en mesure de prendre une décision en connaissance de cause.

Mais la tension à bord demeure et les incidents se multiplient : une très violente dispute oppose deux passagers de première classe, M. Dessus et M. Shurmann, ils doivent être séparés au moment où ils allaient en venir aux mains ; séparés par M. Cussot qui, lui, se voit rappeler à l'ordre par le capitaine Henry lui-même car c'est lui seul qui détient l'autorité et personne d'autre !

De plus, par la même voie d'ordre public, M. Tilmont est invité à réprimander son fils aîné qui, en passant, à commis l'indiscrétion de jeter un regard dans le carré des officiers. C'est un lieu privilégié, interdit aux yeux des profanes. Le colon belge ose s'y risquer pour demander des explications ; on le met à la porte manu militari, et le gouverneur s'oublie jusqu'à le provoquer en duel !

M. Tilmont est très excité ; sa femme et ses amis l'empêchent de retourner au salon, évitant ainsi des scènes de violences faciles à prévoir.

Le 26, M. Dessus écrit à M. Cousot qu'il a chargé deux de ses amis de lui demander réparation par les armes, suite aux insultes proférées à son encontre par tous les officiers. On se battra au pistolet à 75 pas ; 2 balles seront échangées si la première est sans résultat. La rencontre aura lieu après l'arrivée à Singapour.

Mais si le duel est interdit, il est fort préjudiciable que l'exemple soit venu du gouverneur lui-même et il est normal qu'un militaire l'imite ; quoi qu'il en soit, M. Henry, instruit de la provocation Dessus-Cousot, interpose ses pouvoirs de gouverneur, s'instaurant, en la circonstance, juge de paix colonial et convoque les protagonistes. Après leur installation à terre : nous sommes le 27 avril et nous venons de rentrer en rade de Singapour.

Singapour, île anglaise, porte de l'Asie avec son million de Chinois, aux milliers de couleurs, carrefour de l'Orient et de l'Occident, dernier havre de paix avant ce qui allait être le plus grand cauchemar de tous ces colons naïfs.

Après avoir installé les passagers dans des maisons louées, les Tilmont sont hébergés dans Queen's Street, le capitaine Henry, tenu au courant par des câbles reçus ici, fait le tour de toutes les familles afin de les mettre en garde sur ce qui les attend :

« La colonie est ruinée, la survie aléatoire, au minimum il faudra tout recommencer, il n'y a plus rien, tout est à reconstruire, et de nombreux colons sont morts. »

Mais il ne se montre pas très éloquent, la plupart veulent continuer.

Le consul de France arrive en renfort et prévient :

« Aller à Port-Breton est suicidaire ; les derniers vivres embarqués sur l'*India* ont été saisis à Nouméa, tout a été vendu. Je vous propose de rentrer en France, voyage payé, pour éviter la mort inéluctable. »

Mais la publicité a été tellement bien faite que tout le monde y croit encore et les colons tiennent le raisonnement suivant :

« Si tout le monde nous pousse à ne pas y aller, c'est qu'ils veulent s'approprier nos terres, donc, à plus forte raison, il faut y aller. »

Raisonnement simpliste et d'une grande naïveté.

D'autre part, en tant que gouverneur, nommé par le marquis, M. Henry doit sauver ce qui peut l'être. Ce rôle lui plaît bien ; alors, à la majorité, on continue, malgré les risques évidents qui pointent à l'horizon : tout est dit, on repart.

La *Nouvelle Bretagne* est nettoyée de fond en comble, les ponts de seconde et de troisième sont dans un état repoussant, les rats y pullulent et l'hygiène n'est plus qu'un très lointain souvenir. Après quelques semaines, le bateau est à nouveau prêt à reprendre la mer, et n'ayant que peu de défections, il faut s'entourer de garanties supplémentaires. Le capitaine Henry câble au marquis de Rays de lui envoyer de l'argent afin de pouvoir acheter des vivres, des machines agricoles, des médicaments, ce qui est fait ; avec cet argent, le capitaine achète un vieux voilier chinois, le *Nettie-Meriman* qu'il rebaptise *Marquis de Rays*, pour porter les vivres ainsi que des hommes qu'il engage pour recommencer à bâtir la colonie : ce sont 12 charpentiers chinois, 12 pêcheurs malais et 10 arabes à qui il promet une solde convenable, ce qui porte l'expédition à 200 personnes environ.

Le consul de France renonce à infléchir la décision des derniers hésitants, après la visite du consul d'Espagne qui, lui, chapeaute l'aventure ; la décision de repartir est prise. Les deux navires partiront ensemble, l'un tirant l'autre par un gros câble, le *Marquis de Rays* n'étant pas assez puissant pour suivre la *Nouvelle Bretagne* ; les deux navires quittent Singapour le 4 juin 1881.

La navigation des deux bateaux se déroule au mieux par le nord de Bornéo, puis, après quelques jours de mer, le convoi relâche dans l'île Sanguier, l'une des Célèbes, pour refaire le plein d'eau douce et de fruits frais pour les passagers et de verdure pour les bestiaux embarqués.

On fait halte à l'île d'Arimoa, couverte de cocotiers, où le capitaine Henry, qui était allé à terre, faillit être enlevé par une troupe d'indigènes à la forte stature. Ils l'entourent et prétendent l'entraîner avec eux. Ce n'est que grâce à un matelot tirant en l'air qu'il doit son salut : les sauvages, effrayés par le bruit de la détonation, s'enfuient, les rescapés, après une course éperdue, se jettent dans les canots et c'est à force de rames qu'ils réussissent à remonter à bord de la *Nouvelle Bretagne*.

La navigation à deux continue donc, l'un tirant l'autre, jusqu'au jour où le quartier-maître William, trouvant que le *Marquis de Rays* retarde trop la marche de la *Nouvelle Bretagne*, entreprend d'entailler la remorque qui unit les deux navires ; la houle s'étant formée, la mer finit le travail et l'amarre se rompt ; le soir tombant, on ne peut récupérer l'amarre.

Au lever du jour, le ponton est à plus de 5 milles de notre bord ; toutes voiles dehors, le bateau avance petitement mais ne semble pas en danger. Le capitaine Henry décide de mettre le cap directement sur Port-Breton et d'envoyer le *Génil* qui devrait être en rade pour aider le ponton à rentrer, ce qui est fait.

Le lendemain, nous sommes en vue de la Nouvelle Irlande, terre définitive de notre voyage. Après une journée à longer la terre, nous croisons sur tribord l'île Lamboun qui se situe en face de la baie de Port-Breton ; bientôt, à bâbord, se montre le mont Verron, sous lequel de gros nuages noirs flottent et la brume recouvre tout. Plus

Port-Breton : le débarcadère et la Grande Maison,
d'après un croquis fait sur nature par le capitaine Henry.

on approche, plus la forêt devient noire, opaque, impénétrable. On aperçoit enfin un mât de navire ; le *Génil* est bien là et quand on distingue la terre, on ne voit rien : une vague clairière, une petite construction en bois ; l'humidité est totale, tout ruisselle ; aucune vie ne se manifeste ; pas un feu, pas âme qui vive. Tout est silence et, à bord, tous les colons accoudés au bastingage sont muets de saisissement devant ce qu'ils voient, ce qu'ils ont tellement attendu et ce pour quoi, la plupart, ont sacrifié tous leurs biens.

Tous pensent :

« Ce que disait M. Henry était donc vrai ! Port-Breton a été abandonné, il n'y a plus rien !

« Port-Breton n'existe que sur le papier ! Le capitaine avait raison quand il nous disait de ne pas venir ! »

Une barque se détache du *Génil* et vient à la rencontre du bateau, on distingue un officier à son bord avec uniforme et casquette galonnée, c'est le capitaine Rabardy, commandant le *Génil* ; il monte à bord et ses premiers mots sont :

« Malheureux, qu'êtes-vous venus faire ici ! C'est l'enfer ! »

Le tonnerre serait tombé sur les émigrants qu'ils n'auraient pas été plus stupéfaits.

Certains ont déjà à la main les titres de propriété qui leur donnent droit à des hectares de bonnes terres près de la ville, avec ses restaurants, ses maisons, ses rues bordées d'arbres, ses églises, ses docks, son port... Or, il n'y a qu'une baie avec des arbres immenses qui arrivent jusqu'à la mer et, sous la brume et la pluie qui commence à tomber, une vapeur monte du sol, une atmosphère moite et poisseuse.

Une pirogue se détache de l'île de Lamboun avec 6 indigènes, le chef porte un gilet gris et un bonnet bleu pour tout vêtement. Les autres sont entièrement nus, leur tête crépue est blanchie à la chaux, leur visage zébré de peinture noire, et une paille leur traverse le bas du nez. C'est l'arrivée du roi de Lamboun, Maragano, comme l'indique une lettre qu'il donne au capitaine Henry et qui porte la signature de Rabardy, capitaine du *Génil*. Il indique que Maragano est

« son plus fidèle allié dans les parages, il est pacifique et avertit par des signaux de fumée de l'arrivée de bateaux visiteurs. Il vend des fruits tout en prélevant une dîme sur les fruits apportés par les autres tribus ».

Ainsi, après 4 500 miles de traversée, les quelques mètres qui restent à parcourir pour atteindre le but du voyage semblent symboliques mais très angoissants, maintenant que la situation est connue. Enfin, après avoir franchi des océans, parcouru des continents, contourné mille dangers, évité maladies et épidémies, les colons et le capitaine Henry foulent la terre promise.

Mais quelle déception !

Port-Breton est moribond, sous la pluie qui tombe sans arrêt, le spectacle est lugubre. Deux expéditions sont passées avant eux et seule une maison sans toit aux murs éventrés existe, des chemins vaguement tracés sont emplis de boue et la végétation reprend ses droits au milieu de l'ancienne clairière.

C'est le 14 juillet 1881, il y a seulement un mois et demi que partait l'*India* pour Nouméa, et en 6 semaines tout est à refaire, mais en regardant de plus près, chose plus grave, quelqu'un s'écrie :

« Il n'y a pas de terre à Port-Breton, ce ne sont que cailloux avec un peu de verdure comme on en trouve en haute montagne.

— Rien ne peut pousser ici ! déclare M. Pitoy, l'agronome, il ne nous reste que la pêche, la chasse et les fruits pour vivre sous cette pluie incessante.

— Heureusement que nous aurons quelques vivres ! Encore faut-il que le *Marquis de Rays* arrive », dit un troisième.

A ce moment on aperçoit un bœuf redevenu presque sauvage, laissé par l'expédition précédente, efflanqué, proche de l'agonie, comme il n'y a pas d'humus il n'y a pas d'herbe, donc pas d'élevage possible.

La situation est désespérée et l'avenir catastrophique.

De retour sur le bateau pour le repas du soir, pris tous ensemble avec l'équipage du *Génil*, la situation est décrite à tous les colons.

« Que devons-nous faire pour essayer de vivre ici ? » interroge le capitaine Henry.

Les uns veulent descendre à terre et commencer à défricher, les autres souhaitent que les Malais et les Arabes amenés de Singapour commencent à assainir.

Mais tous ont une rancœur au fond d'eux-mêmes. Ils ont été bernés, escroqués, grugés ; le marquis de Rays les a exploités, ils sont ruinés. Mais il faut survivre et le plus tôt sera le mieux ; et tous étant d'accord pour tenter de refaire vivre la colonie, tout le monde s'y met.

Les Chinois se remettent à bâtir la Grande Maison, les Arabes déracinent et coupent les arbres ; les Malais pêchent et les colons essayent de reconnaître le terrain et certains même partent en expédition aux alentours pour reconnaître leurs proximités.

Les journées passent et le *Marquis de Rays* n'est toujours pas là, bien que le *Génil* et le commandant Rabardy soient partis pour aller à sa rencontre et l'aider. L'angoisse augmente car le travail est long, dur, et les provisions qui doivent assurer la survie ne sont toujours pas arrivées.

Et il pleut toujours.

Les vivres doivent être rationnés : Joseph Tilmont, excellent chasseur, passe ses journées à traquer le gibier et ramène des opossums et des petits kangourous qui permettent à la colonie de manger un peu de viande fraîche.

Le 9 août, un petit vapeur allemand rentre en rade de Port-Breton et annonce que le *Marquis de Rays* s'est réfugié en rade de Port Hunter à cause de la mer forte, que le *Génil* l'a récupéré et qu'ils font route vers la colonie, ce qui satisfait tout le monde et redonne espoir à chacun.

Les charpentiers ont bien travaillé, la Grande Maison est presque habitable, arrangée avec des caisses laissées par les dernières expéditions ; le toit est protégé avec de la toile goudronnée et maintenant il ne pleut plus à l'intérieur ; deux autres maisons, ou plutôt deux autres granges, avec un toit et un seul côté, sont mises à la disposition des familles Pitoy-Mouton et Tilmont, les autres colons logent à bord tant que tout n'est pas mis en ordre.

Quelques jours plus tard, le *Génil* tirant le *Marquis de Rays* se présente à l'entrée de la rade de Port-Breton à la joie de tous ; nous sommes le 14 août et l'abbé Denis en profite pour proposer un Te Deum, le lendemain 15 août, ce que tout le monde accepte avec enthousiasme ; la vie de la colonie est assurée pour quelques mois.

La cérémonie a lieu sur le ponton, devant les officiers en grande tenue et les dames endimanchées. Le canon tonne au moment de l'élévation et Maragano, roi de Lamboun, honore la cérémonie de sa présence ; pour la bienséance, on lui a mis un pardessus gris par-dessus la corde qui lui enserre la taille. Malheureusement, il a oublié de le boutonner et, au moment où il s'avance majestueusement, toutes les dames détournent la tête, il faut qu'un militaire ferme son manteau pour que, dans la dignité, la cérémonie puisse s'achever.

En effet, sous le manteau, il est totalement nu.

Avec l'arrivée des deux bateaux, le moral est revenu et la vie s'organise, le travail de défrichement se poursuit, harassant et toujours sous cette pluie persistante, avec cette humidité fétide qui monte du sol.

Les premiers malades arrivent, de nombreux colons doivent se coucher et le ponton du *Marquis de Rays* est transformé en hôpital. Le moral, un instant revigoré, retombe tout aussitôt, d'autant plus que, lors d'une expédition de chasse d'une dizaine d'hommes, deux d'entre eux ne sont pas revenus, certains affirmant même qu'ils ont été enlevés par des indigènes, et l'on craint qu'ils ne soient anthropophages ! Toujours est-il qu'on ne les revit jamais !

Au bout de quelques semaines, vu la lenteur de l'avancement des travaux pour que des maisons soient utilisables, les plantations ne peuvent se faire avant un an ou deux, la situation devient intenable et, dans cette ambiance lugubre, les premiers décès surviennent, la malaria, dans cette atmosphère fétide, fait son œuvre.

Car il n'y a pas d'air à Port-Breton.

Le mont Verron arrête les nuages pour faire pleuvoir sur la colonie, la chaleur moite du sol monte et l'île Lamboun, en face, empêche les alizés de chasser les nuages. Port-Breton est bien un trou, jamais rafraîchi par les alizés.

« *Je n'oublierai jamais, écrit le Dr Baudoin, la sensation que j'éprouvais chaque matin en débarquant devant la Grande Maison : une buée chaude et humide me venait au visage et semblait croupir comme les vapeurs d'une étuve autour de cette sinistre étable, infestée par le voisinage d'un bief stagnant où les eaux douces mêlées aux marines constituaient le plus dangereux foyer fébrigène.* »

La situation, de catastrophique, devient alors désespérée. Le capitaine Henry décide d'aller chercher des vivres à Manille et de ramener 200 travailleurs chinois, car le travail de défrichage n'avance guère ; il craint, en effet, que de nombreux colons, découragés, ne s'embarquent avec lui pour quitter ce lieu maudit.

D'autre part, Manille est préférable à Singapour de par son appartenance espagnole. En effet, l'Espagne est le pays protecteur de la colonie.

« Si nous n'avons pas une aide supplémentaire, nous ne gagnerons pas la partie ; en mon absence, je nomme le capitaine Rabardy gouverneur de la colonie Nouvelle France. Gardez confiance, je reviendrai », déclare le capitaine Henry.

Le départ vers Manille de la *Nouvelle Bretagne* est l'occasion pour les colons d'écrire à leurs familles. Par fierté, aucun ne raconte le calvaire qu'ils vivent ; chacun de dire que les plantations vont admirablement bien, que le temps est merveilleux, que les indigènes sont d'un naturel très doux, et, au lieu de parler des nombreux morts déjà enregistrés, on dit « depuis 7 semaines que nous sommes ici, nous ne savons pas ce qu'est la maladie » ; la seule chose que tous avouent c'est que le temps est exécrable, c'est un moindre mal pour ces gens blessés dans leur chair et dans leur orgueil, et ils confient leurs lettres au capitaine Henry qui part à Manille chercher renfort et vivres.

Le 16 septembre, à 8 heures du matin, la *Nouvelle Bretagne* s'apprête à appareiller, le capitaine Henry s'adresse aux colons :

Vue générale de Port-Breton, d'après un dessin du capitaine Henry.

« Je vous donne ma parole que je serai de retour dans 3 mois, le capitaine Rabardy qui m'écoute sait ce qu'est la parole d'un marin. »

Le cœur gros, les colons voient disparaître le bateau derrière les grands arbres de la baie.

Le capitaine Rabardy, auréolé de son titre de gouverneur pendant les jours suivants, aidé par le notaire Chambaud, entre en pourparlers avec le roi Maragano pour acheter l'île Lamboun afin, dit-il, d'y installer un poste d'observation, et demande à l'abbé Denis et au Dr Baudoin d'être les témoins de l'entrevue.

Ils refusent, disant que c'est le capitaine Henry qui est le gouverneur et que lui n'est qu'intérimaire. Mais Rabardy achète néanmoins l'île pour quelques pipes et de la verroterie plus quelques poules et proclame officiellement « la Nouvelle Irlande » propriété du marquis de Rays, roi de la Nouvelle France ; gloire à « Charles Ier d'Océanie ».

On est en pleine mégalomanie.

Ainsi sont achetés au roi de Lamboun les 60 000 ha vendus depuis 3 ans aux souscripteurs d'Europe, acte dûment dressé devant le notaire, Me Chambaud.

Prétextant le succès de la transaction organisée avec Maragano pour s'approprier Lamboun, Rabardy annonce un matin sa décision de partir à Bougainville pour proposer la même manœuvre au roi Bouka.

« A quoi servira cette nouvelle prise de possession, interroge Baudoin, n'avons-nous pas assez de peine à faire vivre Port-Breton ?

— Je prendrai avec moi Boréo qui y a vécu : il affirme que cette île est pleine de fruits, de cocos et de bananiers. Vous-même en réclamez tous les jours pour vos malades, alors de quoi vous plaignez-vous ? »

Il arme le *Génil*, part le 17 octobre afin de conquérir de nouveaux territoires et revient 6 jours plus tard, sans tambour ni trompette, après un fiasco complet. A leur arrivée dans l'île, ils ont été encerclés par des indigènes menaçants ; Rabardy ne réussit à les calmer

Le capitaine Henry et les otages qu'il avait pris au roi de Lamboume : Okela-Menné, ministre du roi, Tambrouk, prêtre-sorcier.

qu'à coups de canon. Avant de s'enfuir, la seule prise de guerre qu'il obtient est d'acheter au roi 11 prisonniers de guerre, en échange de quelques pipes. Il s'agit de Noirs, tristes et abattus ; en somme, il vient d'acheter des esclaves.

Naturellement, ces nègres sont d'abord un sujet de curiosité qui fait diversion aux tourments de la colonie. On va les voir comme on va au zoo, mais on les plaint. Et on ne va pas tarder à être fixés sur leur condition ; dans la séance du conseil colonial du 24 octobre, M. Tilmont, colon libre qui en fait partie, demande au gouverneur ce qu'il entend faire de ces nègres. Le rapport est exprimé ainsi :

« Que faites-vous de vos nègres ? Pouvons-nous les utiliser ? demande M. Tilmont.

M. Rabardy répond :

— Les nègres qui sont à mon bord constituent ma propriété et non celle de la colonie et le colon qui voudrait en utiliser quelques-uns pour ses travaux personnels devrait s'entendre, au préalable, avec moi. »

Quelques jours après, plusieurs colons peuvent entendre M. Rabardy déclarer lui-même qu'il est prêt à leur vendre ses Noirs 500 francs pièce.

On est en pleine traite des Noirs. La très chrétienne et très catholique colonie de Port-Breton est devenue esclavagiste...

La veille, seul incident heureux, nous avions célébré un mariage, le premier de la colonie, devant Me Chambaud, notaire, l'abbé Denis ayant accompli le service religieux de la cérémonie :

Le 23 octobre 1881, Mlle Romaine Tilmont avait épousé M. Cousot.

Quelques jours plus tôt, un événement que je dois raconter était survenu : la jeune sœur de Romaine Tilmont, Gabrielle, s'étant éloignée du village, se trouva brusquement entourée de Papous. Ne sachant quelle attitude adopter, elle ne bougea point, les indigènes s'approchèrent d'elle et l'un d'eux, plus hardi que les autres, s'avança tout près et tendit sa main vers son visage ; malgré sa peur, elle resta immobile. Au lieu de l'agresser comme elle le craignait, le « sauvage » se mit à lui caresser les cheveux doucement, avec surprise mais sans agressivité : il découvrait des cheveux longs et blonds et voulait savoir quelle consistance ils avaient, eux qui ont les cheveux crépus et noirs comme de l'ébène.

Mais cela se prolongeait, son frère Joseph s'inquiétant de son absence, surtout depuis la disparition de leurs deux compagnons, l'aperçut, ayant toujours son fusil avec lui, il voulut abattre l'indigène, mais celui-ci est trop près de sa sœur, et le coup est risqué ; apercevant alors un perroquet, juché non loin de là, il l'abattit d'un seul coup de fusil ; les indigènes, entendant la détonation et voyant ses effets, s'enfuirent sans demander leur reste.

Gabrielle était sauvée de son inconfortable posture.

Une autre fois, les cheveux de ma grand-mère, car c'est d'elle dont il s'agit, lui sauvèrent la vie : la petite Gabrielle glissa au bord du ruisseau qui se jetait dans la baie et y tomba ; elle allait disparaître, quand un des colons qui l'avait vue tomber se précipita ; elle était déjà sous l'eau boueuse ; en tâtonnant, l'homme réussit à saisir quelque chose qui semblait appartenir à l'adolescente, il tira et la remonta à la surface, et s'aperçut alors en la sortant qu'il la tenait par sa chevelure ; une nouvelle fois ses cheveux lui avaient sauvé la vie.

C'est elle-même qui m'a raconté ces deux anecdotes un soir d'été où nous étions assis tous deux sur le banc, devant la maison de Ker-Loïc où elle vivait, dans un quartier de Nice.

Je m'en souviens comme si c'était hier.

Mais revenons à notre histoire, car ce qui suit va être tragique.

Le temps passait, la nourriture s'épuisait et les colons étaient de plus en plus en piteux état. Les malades se comptaient par dizaines. Le ponton, transformé en hôpital, était plein et les alités devaient être couchés à même le sol, à peine isolés de l'humidité ambiante par une toile goudronnée qui, autrefois, avait servi de toit mais qui, maintenant, ne servait plus à rien si ce n'est que de vague matelas.

Le nombre de morts aussi augmentait et le petit cimetière à flanc de coteau devenait le but de la principale promenade journalière de l'abbé Denis et des familles les plus faibles ; M. Pitoy mourut bientôt lui aussi, lui qui devait s'occuper de la question agricole de la colonie. De nombreux enfants périrent également.

La première semaine de leur arrivée, dcux personnes étaient mortes et maintenant qu'ils étaient là depuis trois mois, c'est presque chaque jour qu'un colon mourait de malaria ou simplement de faim.

Joseph Tilmont, bon chasseur, faisait en sorte que sa famille survive, mais quand il rentrait bredouille, on se rabattait sur les lézards et les serpents. Dieu sait si on en a mangé ! Les premiers, nombreux, fournissaient l'iguane à chair blanche et délicate ; les seconds n'offraient qu'une espèce venimeuse, plus quatre ou cinq sortes de couleuvres dont l'une énorme, espèce de boa, atteignait souvent jusqu'à quatre à cinq mètres de long ; c'est ce qu'ils mangeaient avec le moins de répugnance, malgré la dureté de sa chair. Les seuls et rares gibiers qu'ils y rencontraient étaient un petit kangourou et le porc sauvage.

A ce régime-là, la colonie était chaque jour décimée un peu plus, 54 personnes sont mortes depuis leur arrivée. Cela devenait tragique, et maintenant la grogne faisait place à la révolte ; tout le monde voulait partir et fuir cet enfer. La seule alternative possible restait le départ ou la mort ! Rien ne s'arrangeait, tout allait mal et le plus déprimant était que la mort poursuivait sa sinistre besogne, la liste s'allongeait inexorablement.

« Quatre cette semaine, disait le Dr Baudoin, ce qui fait 58 depuis notre arrivée ! »

Le capitaine Melix, chef de la milice, n'échappa pas à la triste destinée, et un jour le sergent qui avait la charge du cimetière revint en disant :

« Pas moyen de faire une fosse, il n'y a plus de place ! »

Tous ceux qui venaient d'être fauchés étaient arrivés jeunes et vigoureux, aucun n'avait atteint l'âge de quarante ans ; les fièvres de Port-Breton ne ressemblaient à rien de connu par la médecine de l'époque ; et c'est ce sol maudit qui avait été assigné aux victimes du merveilleux prospectus du marquis de Rays.

Détail touchant, pendant cette période tragique, le volontaire Dupré était affecté à la fabrication des cercueils.

Or, un jour, il tomba malade lui aussi, mais son chef, le capitaine Melix, était mort le matin même et attendait sa bière ; le pauvre garçon se leva à cette nouvelle et, bien que tout tremblant de fièvre, il reprit son funeste travail.

Assis sur le cercueil qu'il venait de terminer, il reprenait son souffle lorsqu'un accès bilieux le reprit et, voyant qu'il ne pouvait plus se remettre sur ses jambes, le Dr Baudouin le soutint pour qu'il réintégrât sa baraque. En chemin, on l'entendait dire :

« Ah ! ça, moi qui fais les bières des autres, je voudrais bien savoir qui m'en fera une, ces jours prochains. Si demain je peux me lever, j'en bâclerai une rapidement et je mettrai mon nom dessus pour qu'on ne me la prenne pas. »

Heureusement, il ne devait pas arriver à cette triste extrémité, comme la suite allait le prouver.

Plusieurs de ceux qui étaient encore valides demandèrent à Rabardy, gouverneur en l'absence du commandant Henry :

« Autorisez-nous à quitter la colonie pour nous réfugier dans les îles voisines à Méoko, ou à Matupi où la vie semble plus facile. »

Il refusait toujours.

Un jour que le navire de M. Shuler, chef de la Maison Allemande qui exploitait le coprah à la pointe de la Nouvelle Irlande, était rentré dans la rade, il fut entouré de colons avec leurs bagages :

« Prenez-nous à votre bord ! Prenez-nous ! C'est une question de vie ou de mort !

— Je dois demander d'abord à Rabardy, je vais le faire. »

Quelques jours plus tard, le gouverneur Rabardy fit passer une lettre à M. Shuler qui, après l'avoir lue, parut très contrarié et dit aux colons qui l'entouraient :

« Je ne peux pas vous prendre cette fois, mais je reviendrai. »

Quelques semaines plus tard, il tint parole et voulut rentrer dans la passe, mais le *Génil*, qui n'avait pas bougé depuis très longtemps, fit mouvement, lui envoya des signaux lui interdisant l'entrée, et c'est alors que tous se rendirent compte qu'ils étaient prisonniers ; ils allaient tous mourir si la *Nouvelle Bretagne* n'arrivait pas. D'ailleurs, Rabardy ne descendait plus du *Génil*, il avait même fait mettre les canons en batterie et la nuit, quelquefois, il ordonnait de tirer une fusillade ridicule, avertissant les internés de Port-Breton que leur tyran les surveillait.

Mais que faisait le commandant Henry ? Pourquoi ne revenait-il pas ? Il y avait déjà trois mois qu'il était parti, or il avait promis qu'il serait de retour dans trois mois.

Le Dr Baudoin fit l'inventaire :

« Nous sommes à la veille de Noël, nous avons 8 à 10 jours de vivres maximum. Qu'allons-nous devenir, d'autant que la situation se dégrade à toute vitesse ? »

Effrayé lui-même de la tournure que prenaient les choses, le gouverneur Rabardy demanda au docteur de lui faire un rapport détaillé sur l'état sanitaire. Voilà la réponse :

Port-Breton, le 22 décembre 1881

Monsieur le Gouverneur,

J'ai l'honneur de vous adresser le rapport que vous m'avez demandé sur la situation sanitaire de la colonie.

Depuis le 11 décembre, cette situation est particulièrement grave :

1. par les chiffres des malades disproportionnés avec celui de la population ;

2. par le caractère de quelques-uns des cas morbides ;

3. par l'insuffisance de la plupart des ressources qui sont affectées d'ordinaire au service hospitalier le plus élémentaire ;

4. enfin, par le manque absolu de quelques-unes de ces mêmes ressources.

Le chiffre des malades a constamment suivi depuis quinze jours une progression ascendante. Aujourd'hui, après deux décès, j'ai dû inscrire sur mon registre 34 malades sur une population à terre de 80 : c'est la proportion des grandes épidémies...

La provision de l'hôpital est constituée par 43 boîtes de légumes, mais, que dès demain j'en donne une seulement à chacun de mes 34 malades, je me trouverai au bout de 24 heures avec 7 boîtes en tout et pour tout comme réserve. Et je n'ai, pour ceux qui ne s'alimentent pas, qu'une boîte de bouillon.

Enfin, le vin, sans lequel il n'est pas de convalescence, Monsieur le Gouverneur, le vin, cette bagatelle de nos hôpitaux manque depuis 15 jours...

Dès le 1er octobre, dans le résumé sanitaire que je vous adressais à cette date, je condamnais la Grande Maison au nom des principes de l'hygiène.

Aujourd'hui, j'ai de nouveaux et sérieux motifs de renouveler cette condamnation ; la Grande Maison est meurtrière : 1° par le vice de sa construction ; 2° par le terrain argileux sur lequel elle repose ; 3° par l'entassement de ses habitants sur un espace restreint.

La seconde cause mérite cependant, Monsieur le Gouverneur, d'attirer toute votre attention, c'est cet affaissement moral, ce découragement profond qui mine à tous les degrés de l'échelle notre petit monde colonial. Je suis fondé à dire que c'est là la cause déterminante de la brusque apparition des maladies. J'ajoute, Monsieur le Gouverneur, que c'est là encore une des causes pathologiques auxquelles ceux qui ont le pouvoir en main ont la faculté de porter remède.

Veuillez agréer, Monsieur le Gouverneur, l'assurance de mes sentiments les plus dévoués.

Signé : Baudoin,
Médecin de la colonie de Port-Breton.

Certifié conforme à l'original :
A. Baudoin.

On ne sait si c'est l'exposition des misères des colons qu'il se refusait de voir qui émut réellement le capitaine du *Génil*. Toujours est-il que deux jours après, il fit un plébiscite ; la question est la suivante : « Le *Génil* doit-il partir pour l'Australie chercher du secours ? »

La réponse fut uniforme. Tous les billets portaient :

« Oui, si le *Génil* veut emmener ceux qui désirent partir. » Cette réponse ne faisait pas l'affaire de Rabardy ; son rêve était de partir seul avec peut-être le notaire, Me Chambaud, et sa femme, imitant en cela ses prédécesseurs qui avaient fui avant lui.

Les discussions qui suivirent ce plébiscite et la résolution que montrèrent les colons de s'opposer au départ du bateau vide leur firent prendre un moyen terme : le *Génil* irait simplement, sous les ordres du gouverneur, demander des vivres aux Allemands de Matupi ou aux Anglais de Méoko.

Toutefois, quand, le 28 décembre au matin, on le vit mettre sous pression, il y eut, à terre, des scènes frénétiques ; pendant son départ, on ne se gênait plus pour dire qu'on ne le reverrait jamais plus et qu'une fois dans le canal Saint-Georges, il virerait de bord et mettrait le cap sur l'Australie ; cette angoisse dura deux jours et fut accrue encore quand le commissaire établit qu'ils n'avaient du lard que pour une seule journée.

Le 31 décembre au soir, la petite colonie semblait comme morte. Aucun bruit ne se faisait entendre, et si on entrait dans les cases où reposaient les malades, les flacons de potions qui leur avaient été distribués le matin étaient intacts. Ils n'avaient pas eu la force de les prendre, ils n'avaient plus la volonté de prolonger leur misérable existence. Quelle veille de Jour de l'An ! Et les Etrennes pourtant approchaient !

La colonie, en ce 1er janvier 1882, allait vivre une matinée d'intense bonheur ; cela se traduisit d'abord par un frémissement.

Brusquement quelqu'un s'écria :

« Chut ! Taisez-vous ! Vous n'avez pas entendu ? »

Et chacun d'écouter... rien ne se passait... personne n'entendait, mais les gens couraient le long de la plage ; les moins malades se levaient pour s'arrêter devant la passe où les bateaux arrivaient.

Le corps incliné, l'oreille tendue, ils écoutaient chaque bruit, même ceux lointains, perdus dans la brume.

« Mais si ! Ecoutez ! »

Le silence se faisait, chacun a sa pensée tournée vers cet horizon toujours bouché d'où viendrait peut-être le salut, puis, tout d'un coup, cette fois distinctement, un son affaibli et lointain, celui d'un sifflet de vapeur parvint jusqu'à eux.

Un « hourra » sortit de toutes les poitrines et s'évacua d'un seul coup. Un cri retentit :

« C'est la *Nouvelle Bretagne* ; il revient ! Il est là ! »

L'homme le plus avancé sur la pointe de terre se mit à hurler en agitant son mouchoir :

« La *Nouvelle Bretagne* ; la *Nouvelle Bretagne* ! » et il s'effondra en pleurant.

Vingt minutes plus tard, le son bien connu de son sifflet enroué annonçait à ceux qui ne voyaient rien encore que c'était bien elle. Quand son beaupré déboucha derrière la pointe extrême, des scènes extraordinaires se déroulèrent. Les malades, incapables de se mouvoir la veille et de prendre leurs médicaments, s'étaient levés d'un coup et, enveloppés d'un drap ou d'une couverture, semblables à des fantômes, couraient vers la plage ; certains battaient des mains, d'autres pleuraient de joie.

Mais le navire qui apportait le salut et qui aurait dû faire fête était très sombre, sans joie : pas un cri ne s'élevait de son bord, pas une main ne faisait un signe. Il semblait vide de tout occupant et tous se remirent à trembler. Il se passait quelque chose, mais quoi ?

La voix du capitaine Henry se fit entendre et ordonna :

« Mouillez ! » Cela rassura ; mais l'inquiétude se lisait sur le visage des matelots et le capitaine avait changé, il était morne, abattu, sa barbe avait grisonné et son dos paraissait voûté, une fatigue profonde se lisait sur son visage.

Comme le Dr Baudoin le remerciait pour les survivants d'être revenu, il répondit, après lui avoir serré la main :

« Ah ! la parole d'honneur, cela coûte quelquefois bien cher ! ce que vous ignorez, mon cher, c'est que pour tenir la mienne, j'ai dû voler ce navire et les vivres que je vous apporte. Sans doute, le châtiment me suit, mais j'ai conscience d'avoir fait mon devoir et ne regrette pas ce que j'ai fait ! »

Se tournant vers Mme Henry :

« Tu vas aller à terre tout de suite, n'est-ce pas ? et t'occuper des malades ! »

La vaillante femme du capitaine n'avait pas besoin de cette recommandation. Elle se précipita, distribuant aux malades des vivres, des secours en tous genres, entrant dans toutes les cases, serrant les mains et remontant chacun de son mieux.

« Eh bien ! où est le *Génil* ? demanda le capitaine Henry.

Le docteur lui expliqua :

— Rabardy est allé chercher des vivres à Matupi et à Méoko afin que nous ne mourions pas de faim. »

Mais craignant que Rabardy ne change d'avis, il se hâta d'expédier à terre toutes les provisions, puis repartit à la recherche du *Génil*.

Il le retrouva à Méoko, à 9 heures du soir ; deux jours après, les deux navires rentraient à Port-Breton. On ne sut jamais si Rabardy rentra volontairement ou non... Toujours est-il qu'il était là. Enfin, on allait savoir ce qui s'était passé à Manille et comment, pour secourir les colons, le capitaine Henry devint pirate.

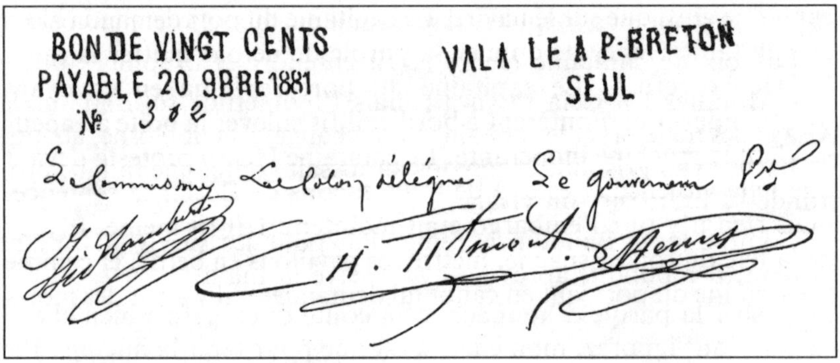
BON DE VINGT CENTS
PAYABLE 20 9BRE 1881
№ 302
VALA LE A P:BRETON
SEUL

Fac-similé d'un bon de monnaie, à l'usage des colons, portant la signature de mon arrière-grand-père.

Lorsqu'il arriva à Manille pour reprendre quelques colons et surtout pour ramener à Port-Breton un plein chargement de vivres, le commandant Henry avait un crédit du marquis de Rays de 200 000 francs ; or, à l'arrivée, il eut la surprise de n'en trouver que 30 000 chez le banquier Gurri. Il télégraphia au marquis pour qu'il envoie le complément le plus rapidement possible ; la survie de la colonie en dépendait.

En attendant l'arrivée des fonds qui ne devait pas tarder, on enfourne conserves, poisson salé, légumes secs, couvertures, outils dans les cales de la *Nouvelle Bretagne* et l'attente commence ; enfin un télégramme arrive, évasif, n'apportant aucune solution financière. Que faire ? Port-Breton se meurt, mais les dettes sont criantes et Henry reçoit un jour un ultimatum du banquier Gurri :

« *N'ayant pas les fonds convenus avec l'argent du marquis, rendez ou vendez tout le chargement ; si nécessaire le navire ; sauvez responsabilité à tout prix. Gurri.* »

Le capitaine Henry protesta avec indignation contre une mesure qui allait lui faire manquer à sa parole et causer la mort des malheureux de Port-Breton qui attendaient son retour.

A la protestation d'Henry, M. Plandolit, le cosignataire fournisseur, répondit en mettant l'embargo sur la personne et les biens du capitaine ainsi que sur le navire. Le capitaine du port demanda alors au capitaine Henry de donner sa parole de ne pas quitter la rade. M. Henry refusa. Le capitaine du port répliqua en envoyant 6 carabiniers qui montèrent à bord et il fit enlever la boîte à vapeur rendant la machine inopérante. Le capitaine Henry protesta devant une telle violence et essaya de mille façons de fléchir la sentence, mais rien n'y fit : l'embargo était maintenu ! Il fit même, le jour de la fête du roi d'Espagne, mettre ses pavillons en berne, et comme le capitaine du port vint en canot lui demander s'il y avait des morts à bord :

« Ce n'est pas ici, lui dit le capitaine Henry, que sont les morts, mais là-bas, à Port-Breton, qu'on les enterre et que les rares survivants m'attendent. »

L'officier espagnol, ému, pencha la tête et comme il partait, on l'entendit marmonner entre ses dents : « Si j'étais à sa place... » Il n'acheva pas sa phrase, mais le capitaine Henry savait que s'il entreprenait un coup de force, le capitaine du port ne s'interposerait que mollement. Il fallait l'occasion, et cette occasion se produisit le 10 décembre avec l'aide du Ciel.

Tout annonçait l'arrivée d'un cyclone. Le capitaine du port envoya par une chaloupe la pièce de machine qui paralysait la chaufferie en priant le capitaine de s'éloigner du quai, à cause du cyclone imminent, mais de rester à portée du port.

A 9 heures du soir, le baromètre était très bas, le cyclone fondait sur la ville. Le commandant avait fait monter la pression et, profitant de la tempête maintenant déclarée, abandonna son ancre et piqua au large en douceur d'abord, faisant route dans l'obscurité à travers une trentaine de navires allant dans tous les sens et risquant la collision à tout moment. Il passa au milieu d'eux par miracle, les carabiniers étaient dans l'entrepont, ayant fort à faire au milieu du roulis général.

L'équipage était dans son quartier, seul le second, deux lieutenants et deux hommes sûrs aux machines étaient dans le secret ; on traversa le goulet et on fonça en pleine mer.

La *Nouvelle Bretagne*, pour fuir, était obligée d'aller droit au centre du cyclone.

Le capitaine ne songeait qu'à tenir sa parole ou à périr.

L'océan déchaîné le respecta.

Ce n'est que le lendemain matin, à 9 heures, que les carabiniers s'aperçurent, en montant sur le pont, qu'ils étaient déjà bien loin de Manille. Pour les consoler de leur enlèvement, on leur offrit des cigares, du café, du chocolat si cher à tout Espagnol ; ils compatissaient aux malheurs des colons. On les laissa avec des vivres sur une île proche où ils pourraient, par un vapeur côtier, rejoindre Manille sous quelques jours.

C'est ainsi que la *Nouvelle Bretagne* se trouvait à nouveau à Port-Breton ; ayant brisé l'embargo, il était certain que la capitainerie du port de Manille allait réagir et envoyer un navire de guerre à la poursuite du capitaine pirate ; deux jours plus tard, ils étaient fixés.

Un navire de guerre, sans pavillon, apparut à l'entrée de la passe, pénétra lentement dans la rade, sans faire de signaux, sans répondre aux leurs, sans donner un coup de sifflet. Le capitaine Henry, qui était à terre, se précipita vers son canot en criant :

« Il va droit sur les coraux, il va se casser ! »

A force de rames, il s'approche du steamer et à l'aide de grands signaux le fit dériver de sa route meurtrière.

Le navire s'immobilisa près du *Génil*, et le capitaine Henry monta à bord et disparut. Deux heures plus tard, il n'avait toujours pas reparu et, quelques instants après, on apprenait l'arrestation du capitaine Henry. Le Dr Baudoin décida de monter sur le *Legaspi*, le navire espagnol où le gouverneur était retenu. Il le vit et sa principale préoccupation était que les colons ne fassent aucune manifestation car il était seul responsable et, seul, il devait payer.

Mme Henry, ne voyant pas son mari revenir, se débrouilla pour monter à bord du navire espagnol, et lorsqu'elle découvrit son mari prisonnier s'écria :

« On te tuera, tu ne sortiras plus des prisons de Manille ! »

Il est vrai qu'elles étaient réputées pour leur dureté.

« Ne crains rien, on ne me fera pas de mal. En somme, je ne suis qu'un corsaire ou un pirate ; je n'ai tué personne, au contraire, j'ai essayé d'en sauver 200. »

Le lendemain matin, le capitaine du *Legaspi* descendit à terre, et ce qu'il vit l'horrifia.

Voilà, in extenso, ce que raconte dans son livre le Dr Baudoin sur la famille Tilmont :

« Nous nous approchons de la case et voici comment nous avons découvert la famille Tilmont, le père et les 6 enfants étaient étendus les uns à côté des autres, minés par la fièvre dans une baraque dont la toiture défoncée laissait entrer à tor-

rents l'eau que le ciel répandait par cataractes. Les 7, grelottant, avaient chacun la tête sous un parapluie fiché en terre, et le reste du corps sous l'averse. Mme Tilmont, hâve, vêtue d'une robe qui n'avait pas séché sur elle depuis son arrivée, regardait toute sa famille agonisante avec des yeux de folle. »

Le capitaine du *Legaspi* était beaucoup plus ému qu'il ne voulait le paraître et décida sur-le-champ, qu'en retournant à Manille, on ramènerait tous ceux qui n'étaient pas valides, et on fit le tri :

65 colons pourraient partir et 40 devaient demeurer.

Le *Génil* lui aussi restait et pourrait accompagner les survivants en Australie sous la direction de Rabardy.

La *Nouvelle Bretagne* reçut un état-major espagnol et fut déclarée prise de guerre. Les officiers, jugés complices de leur commandant pour l'injure faite à l'armée espagnole par l'enlèvement des 6 carabiniers, furent transbordés sur le *Legaspi* pour être emmenés à Manille et y partager l'infortune de leur capitaine.

Le 18 janvier, commença l'embarquement des infortunés colons, les malades passèrent d'abord en premier, les uns sur des brancards, les autres appuyés les uns sur les autres. Tous, en passant, serrèrent la main du Dr Baudoin, qui, tel un capitaine au moment d'un naufrage, restait à son poste pour secourir les 40 qui restaient. Le commandant de la frégate leur laissa des vivres pour 3 mois et les incita à partir pour l'Australie.

Le 20 janvier, au petit jour, le *Legaspi* commença à virer sur ses ancres, et la *Nouvelle Bretagne*, sa capture, fit de même. C'était le départ qui se préparait et la dernière séparation qui s'effectuait, scellant ainsi la fin tragique de la colonie de Port-Breton.

Les 40 qui restaient pleuraient à chaudes larmes en voyant s'éloigner leurs compagnons d'infortune et en songeant à l'inconnu qui s'ouvrait déjà devant eux.

Avant de partir, ceux qui restaient avaient tenu à écrire une lettre et à la signer pour remercier le capitaine Henry d'être revenu, fidèle à sa promesse, et de leur avoir ainsi sauvé la vie, afin qu'en conseil de guerre, lors de son procès à Manille, on puisse entendre leurs voix.

Les 2 bateaux s'éloignèrent et, à bord des 2 navires, on apercevait des mains décharnées agitant leurs mouchoirs ; des murmures arrivaient jusqu'à ceux qui restaient, essayant de faire passer un peu d'espoir.

C'étaient les 65 envoyant leur dernier adieu aux 40.

Ces 40 qui restaient à Port-Breton allaient être sauvés, eux aussi. Après la mort du commandant Rabardy, suite à une maladie foudroyante, une commission fut mise sur pied qui nomma un nouveau capitaine, un certain Boore, qui prit ses fonctions le 7 mars et appareilla presque aussitôt pour l'Australie à bord du *Génil*.

La traversée se fit heureusement et ils touchèrent Cairns le 29 mars où ils mouillèrent deux jours pour prendre du combustible et des vivres. Ils reprirent la mer et, après une escale à Townsville, grosse bourgade de 4 000 âmes, ils repartirent le 19 pour arriver le 27 avril, en début d'après-midi, à Maryborough, terme de leur odyssée ; ils s'y établirent et, pour la plupart, restèrent sur place définitivement.

Pendant ce temps, le *Legaspi* arriva à Manille le 10 février, c'est-à-dire 20 jours plus tard. La traversée n'avait fait que 4 victimes, les plus faibles, car dès le bateau en pleine mer, la plupart des malades ne tardèrent pas à se sentir mieux ; l'influence de l'océan et la saine nourriture du bord permirent à la plupart de récupérer ; les médecins espagnols s'activaient au mieux pour rendre le voyage le plus agréable possible.

Dès leur arrivée à quai, les soldats espagnols amenèrent le capitaine Henry à bord de la canonnière *Amiral Santa Filomena* où se déroulera l'instruction du procès. La *Nouvelle Bretagne* fut dirigée vers l'arrière-port et les colons valides autorisés à demeurer à bord en attendant que les consuls de France et d'Espagne statuent sur leur sort.

Les malades, eux, furent transférés à l'hôpital ; malheureusement, c'était insuffisant pour épargner de nombreuses nouvelles morts qui s'ajoutèrent à la liste incroyable des victimes.

En tout, depuis le début de l'épopée et le départ de la première expédition, près de 930 personnes laissèrent leur vie dans l'aventure, sur environ 1 000 qui partirent vers cette « terre promise ». Moins de 70 personnes sauvées ! Pire qu'une guerre ou une épidémie.

Les uns dorment là-bas, sous les hautes fougères qui ombragent le cimetière de Port-Breton ; les ossements d'un grand nombre blanchissent sur les plages voisines, en tentant d'échapper à cet enfer. Le reste, ces exilés, semés par les navires de cette étrange colonie à toutes les étapes d'une odyssée sans précédent : Singapour - Manille - Le Caire - Port-Breton, étapes d'un voyage presque toujours marqué de croix et de deuils.

Le capitaine Henry fut jugé par un tribunal militaire présidé par le lieutenant de vaisseau Don Jamon y Cepeda ; on lui reproche de n'avoir pas payé à Plandolit les fournitures envoyées à Port-Breton et que le marquis de Rays s'était engagé à régler. Les autorités envisagent de vendre la *Nouvelle Bretagne* pour payer les dettes ; mais l'accusation la plus grave portée contre lui est d'avoir ignoré l'embargo mis sur le vapeur et enlevé les 6 carabiniers chargés de sa surveillance. Mais les arguments du capitaine français, principalement celui d'avoir voulu, à n'importe quel prix, secourir les colons abandonnés à Port-Breton, ont un effet positif sur les juges militaires.

« Je ne suis ni pirate ni corsaire, plaide Henry, je n'ai fait que mon devoir de marin et de gouverneur de la colonie. S'il y a un coupable, c'est le marquis. »

Les juges le suivent dans son argumentation et il bénéficie d'un non-lieu, mais cette décision n'est pas satisfaisante pour les autorités, qui veulent porter un coup fatal à l'entreprise du marquis et l'empêcher à tout jamais de survivre.

Une deuxième instruction est ouverte, puis une troisième, qui se soldent toutes par le même résultat : un non-lieu.

Le capitaine général, Don Primo de Rivera, prononce le non-lieu définitif le 16 mai et après 96 jours de détention, le capitaine Henry et ses officiers sont définitivement relaxés.

La famille Tilmont, comme les autres malades, avait été dirigée lors de l'arrivée à Manille vers l'hôpital où les enfants se remettent assez rapidement, mais Mme Tilmont, elle, dut rester hospitalisée de longs mois avant de pouvoir recommencer une activité quelconque.

Leur vie devint difficile dans un pays étranger, de culture différente, de mœurs différentes, de langue différente ; il fallait s'adapter, vivre au jour le jour, subsister. François, l'aîné, devint docker et amena ainsi quelques ressources supplémentaires. Le diocèse local leur trouva un logement modeste mais convenable.

Mme Tilmont était encore à l'hôpital, sa santé s'améliorait doucement, mais sa faiblesse, après les malheurs endurés à Port-Breton, était immense. Les jeunes, eux, se remettaient tout à fait et c'est à ce moment qu'une nouvelle épreuve les attendait.

Un typhon, comme il en arrive souvent dans cette partie du monde, d'une violence inouïe, s'abattit sur la ville. Tout fut submergé, un mini raz-de-marée s'ensuivit ; les eaux envahirent la ville, les eaux des puits et les rares égouts se mélangèrent, l'eau devint impropre à la consommation, et ce qui devait arriver arriva : le choléra se déclencha, petitement d'abord, dans un quartier misérable, puis, petit à petit, se répandit dans toute la cité.

Aux premiers signes d'épidémie, M. Tilmont prit la décision de se séparer de ses filles, et, accompagnées de Mlle Ferrand, elles partirent au plus tôt pour Singapour, où elles entrèrent comme pensionnaires au couvent des Dames-de-Saint-Maur, où elles étaient à l'abri !

Lui, ayant toujours une foi inébranlable en la Providence, priait pour que sa famille et lui soient épargnés. Il avait pris l'habitude de fumer des cigarillos et il lui semblait être protégé par ces petits cigares, il se mit à en fumer de plus en plus, presque 20 par jour. Est-ce ceci ou cela ? Toujours est-il que ses fils et lui-même sortirent indemnes de l'épidémie. Lui resta persuadé que c'étaient les cigarillos qui l'avaient immunisé.

Cette épidémie fit d'énormes ravages ; certains mois, 90 000 victimes étaient dénombrées, les gens étaient comme foudroyés dans la rue et décédaient très rapidement ; le problème numéro un était les cadavres qui, sans être traités immédiatement, devenaient des agents propagateurs de la maladie. Alors, dans toute la ville, on vit d'immenses brasiers à chaque carrefour, sur lesquels on brûlait les cadavres, faute de pouvoir les ensevelir.

Ce furent de bien tristes moments à vivre.

Mais, au milieu de tant d'horreur, une clarté d'espérance arriva.

Dès son retour de Manille, Charles Tilmont avait fait une demande auprès du consulat de Belgique pour son rapatriement en Europe, malgré de nombreuses démarches sans résultat.

Un jour, le Sésame tant espéré arriva ; ce n'était pas le retour qui était proposé, mais seulement un acheminement jusqu'à Saigon en Indochine française relativement proche, pays francophone et d'une culture plus accessible pour lui et sa famille.

Avec la brusquerie qui le caractérisait, il accepta sur-le-champ ; quelques semaines plus tard, il partait avec ses deux fils en direction de la Cochinchine française d'alors où il espérait refaire sa vie, même à 50 ans. De toute façon, il fallait préparer le retour de sa femme restée à l'hôpital de Manille, sa santé ne lui permettant pas encore de le suivre, et de ses trois filles qui poursuivaient leurs études à Singapour.

Arrivé à Saigon, il trouva une maison pour se loger lui et les siens au 112, rue Mac-Mahon, et fut embauché aux Travaux publics comme commis de première classe mais, pour être titularisé à ce poste, il devait obtenir sa naturalisation française, ce qu'il demanda et obtint le 17 mai 1886 ; il y avait presque un an qu'il était arrivé de Manille. Sa femme, remise, le rejoignit enfin.

C'est à ce moment-là que Charles tomba gravement malade. L'habitude qu'il avait prise de fumer le cigare en trop grand nombre lui jouait des tours : ses poumons étaient totalement obstrués, il n'arrivait plus à respirer et subissait un étouffement permanent, il fallait qu'il dorme assis ; le Dr Mongeot, son médecin, autant athée que son malade était bon chrétien, l'avait condamné à brève échéance. Ses filles, de retour de Singapour, autour de lui, s'attendaient à une fin imminente.

Poste principale de Saigon où travaillait Louis Morzelle.
La maison des grands-parents à Saigon au 112, rue Mac-Mahon.

Il décida de sortir une dernière fois et d'aller prier dans la cathédrale de Saigon. Il s'arrêta, épuisé, devant un pilier où était accrochée une image de la Sainte Face, devant laquelle brûlait une lampe. Il trempa sa main dans l'huile et fit une croix sur sa poitrine en disant :

« Mon Dieu, si vous le voulez, vous pouvez me guérir, je vous promets, si vous me guérissez, de faire brûler une lampe devant votre image jusqu'à ma mort. »

Immédiatement, il se mit à trembler et se sentit bizarrement en sueur, aussitôt il put commencer à respirer librement et se sentit guéri alors que, cinq minutes avant, il était proche de l'agonie. Il se précipita vers le père Lemée, son confesseur, et lui dit :

« Mon père, c'est merveilleux, Dieu m'a entendu, il a fait un miracle pour moi, je suis guéri !

— Non, non, Dieu ne guérit pas tous ceux qui le lui demandent, il y a une amélioration et c'est tout. »

Rentré chez lui, il annonça sa guérison à sa femme, et Mme Tilmont, se penchant vers sa fille Gabrielle, lui dit :

« Je crois que votre père devient fou ! C'est bien triste.

— Mais, il n'empêche, maman, voyez, papa ne tousse plus ! » constata Gabrielle.

Avec étonnement et respect, la famille regarda ce fait nouveau et providentiel. Le Dr Mongeot vint constater la chose et fut le plus surpris de tous, car rien n'expliquait un tel changement. Pour la première fois depuis de nombreux mois, on enleva les oreillers du lit de Charles, et lui qui ne pouvait dormir qu'assis put se coucher normalement et dormit d'un trait, lui qui ne dormait plus. Le changement était total. Il allait être définitif. En effet, quinze jours plus tard, le Dr Mongeot déclarait Charles Tilmont complètement guéri. Comment ? Il ne le savait pas. Mais, médicalement, il n'avait plus à s'occuper de lui ! Charles reprit une vie tout à fait normale et la joie revint au foyer familial.

Honorant son vœu, il obtint des autorités ecclésiastiques de posséder la gravure devant laquelle il avait prié, alluma la lampe à huile qui le suivit toute sa vie et qui ne s'éteignit que le jour de sa mort.

La cathédrale de Saigon.

Ici se situe un événement qui, pour moi qui écris ces lignes, fut primordial. Gabrielle, jeune fille de 24 ans, dans toute sa beauté avec sa belle chevelure blonde qui, par deux fois déjà lui avait sauvé la vie, rencontra un jeune homme de 32 ans, commis principal des Postes et des Télégraphes de Saigon qui se nommait Louis Morzelle. Le garçon semblait très attiré par la belle jeune fille et elle ne sembla pas insensible aux charmes du jeune homme ; ils se revirent souvent et il fut autorisé à faire sa cour.

Un bonheur ne venant jamais seul, le jeune homme reçut une promotion et fut nommé sous-inspecteur des Postes.

Les jeunes gens décidèrent de se marier.

La cérémonie eut lieu le 13 février 1893 en la cathédrale de Saigon et ils s'installèrent près des Tilmont, au 87 de la rue Mac-Mahon.

Ils y vécurent heureux, d'autant qu'à la fin de l'année, leur premier enfant naquit : une petite fille prénommée Louise ; deux ans plus tard, une Gabrielle arriva à leur foyer.

Enfin, la nomination de Louis à la direction de la poste de Saint-Nazaire leur fit prendre le chemin de la France où ils s'installèrent à Basse-Indre, dans la banlieue de Nantes, d'où était originaire la famille Morzelle. L'année 1899 leur amena un premier garçon qu'ils baptisèrent Pierre-Charles : ce bambin allait devenir mon père.

Ensuite, naquirent René en 1900, Jeanne en 1902 et Robert, leur dernier enfant, en 1904.

Après une vie laborieuse et divers postes en France, le dernier fut Nice où ils s'installèrent définitivement et y prirent leur retraite, dans la villa Ker-Loïc.

D'ailleurs, toute la famille fut réunie dans cette ville, car ceux de Cochinchine réintégrèrent la France ; Charles et Romaine, sa femme, finirent leur épopée eux aussi sur la Côte d'Azur, dans une villa à Cimiez ; ils y terminèrent également leur vie car, unis dans les aventures, la joie et la souffrance, ils restèrent unis dans la mort puisqu'en 1926 Romaine meurt le 14 janvier à 96 ans et Charles la suit quelques semaines plus tard à 91 ans, le 25 février, après avoir vécu ensemble une vie hors du commun.

Dernière photo de ma grand-mère en compagnie de ma mère, à Nice, en 1962.

Leur fille Gabrielle, elle aussi, finit ses jours à Nice ; elle aussi vécut longtemps, passant sa vie à faire le bien et rayonnant de joie et de bonté ; elle meurt le 8 septembre 1962, à l'âge de 97 ans, ayant voulu auprès d'elle pour ses derniers instants son dernier fils Robert et sa première petite-fille, ma sœur Any. Elle déposa entre leurs mains son dernier soupir dans une atmosphère de paix et de sérénité totale.

Je me rappelle les derniers instants de ma grand-mère avec un sentiment de tendresse, de chaleur humaine, de paix, mais jamais de tristesse. De regret certainement, car ne plus la voir est un manque, mais savoir qu'elle a vécu une vie fabuleuse, qu'elle a su accepter ce que lui donna la vie et aimer ceux qui l'approchaient est un merveilleux exemple.

Essayer de l'imiter, malgré nos épreuves et nos faiblesses et faire bien ce que nous avons à faire, est la leçon que nous devons tirer.

Mais avons-nous la force, la foi qu'ils ont eues pour forger leur destin ? Nous n'avons aucune certitude, nous doutons toujours, mais espérons et faisons bien ce que nous avons à faire, ce ne sera déjà pas si mal.

Chapitre II

Léontine Tilmont eut, comme sa sœur Gabrielle, une destinée exceptionnelle ; elle vécut une aventure hors du commun avec son mari Louis Hacault, qu'elle avait épousé en Belgique le 29 août 1877.

Ce jeune avocat s'était lancé dans le journalisme. Il était rentré comme rédacteur au *Courrier de Bruxelles*, journal catholique et bien pensant de la capitale belge et en avait gravi tous les échelons jusqu'à celui de rédacteur en chef.

Catholique convaincu, il militait plus qu'il n'écrivait mais, tout en défendant la veuve et l'orphelin, son statut ne lui convenait que moyennement, sa vie lui semblait inachevée maintenant qu'il avait son bâton de maréchal avec le poste de rédacteur en chef.

Un jour, tout bascule lorsqu'il reçut une lettre d'un confrère journaliste, M. Bodard, de Montréal, Canada, lui indiquant qu'il y avait dans la région de Winnipeg, au Manitoba, un groupe de colons belges installés comme fermiers ; il semblerait qu'une cinquantaine de familles soient déjà là et il serait bon de faire un article sur eux. Il demande à la direction du *Courrier de Bruxelles* l'autorisation de faire ce reportage, ce qui lui est accordé. D'autre part, une compagnie anglaise était également intéressée par cette enquête, désirant connaître le nombre de colons belges implantés dans le Manitoba, en vue d'une éventuelle colonisation de leurs ressortissants.

Louis réfléchit et pensa que, s'il devait y avoir reportage, c'était à lui de le faire ; il demanda une année sabbatique pour aller voir comment vivaient ces gens-là et d'une manière diffuse il se posait la question de savoir s'il n'y aurait pas une opportunité à saisir pour lui et sa famille : celle de s'installer au milieu de ses compatriotes.

Mais « fermier » était une éventualité qu'il n'avait jamais envisagée, sa santé n'était pas excellente, il avait 46 ans, son avenir en Belgique était bouché et, de toute façon, il se dit qu'aller voir ne l'engageait à rien ; sa famille restait au pays et il déciderait sur place en allant se rendre compte d'abord, ce qui diminuerait les risques.

Il demanda son congé, l'obtint, et le départ eut lieu le 10 juin 1890 ; d'Anvers, il s'embarqua pour Harwich en Angleterre et de là, en train jusqu'à Liverpool où il monta sur un steamer moitié à voile et moitié à vapeur avec 800 autres passagers. Après 7 jours de mer, sans histoire, le navire arriva en vue des côtes de Terre-Neuve où, malgré la saison estivale, il était entouré d'icebergs et le capitaine arrêta la navigation :

« Continuer ferait courir un risque trop grand au navire avec ces icebergs dérivants tout proches. »

Malgré la beauté de ces masses, grosses certaines comme de véritables montagnes aux couleurs changeantes : bleues, vertes, violettes, roses et qui, par leur présence, amenaient un refroidissement de l'air ambiant, le capitaine préférait les éviter et après une attente d'une journée, le navire repartit, réussit à trouver un chenal et, traversant avec prudence pendant des milles et des milles à travers ces barrières mouvantes, réussit à rentrer dans l'embouchure du Saint-Laurent, la plus grande du monde, et remonta le fleuve au milieu des splendeurs des Laurentides, région verdoyante et boisée qui descend jusqu'au fleuve et, le 21 juin, il arriva.

Québec, à cette époque, était la plus grande ville du Canada. Mal éclairée, malgré qu'elle ait l'électricité, elle a une population de 22 000 habitants ; et le nombre d'immigrants est si important qu'un port spécial leur est réservé pour pouvoir repartir en train vers les divers points du pays.

Après cette escale, départ pour Montréal qu'il atteignit le 22, après une remontée du Saint-Laurent très agréable, il découvrit la ville depuis le port, hérissée de clochers aigus, de dômes et de tours s'étalant au pied du Mont-Royal surmonté de sa croix qui a donné son nom à la ville.

A l'horizon se profilait le fameux pont tubulaire Victoria qui enjambe le Saint-Laurent et qui, en 1890, était le plus grand pont en fer du monde.

Les rues de Montréal grouillaient d'attelages légers, tirés par des chevaux très vifs qui carillonnaient aux carrefours ; la ville était tout à fait charmante avec ses trottoirs de bois, ses immenses parcs, ses rues bordées d'arbres, même des vergers fleurissaient en pleine ville ! De petits potagers garnissaient le devant de petites maisons basses.

« Les gens ont l'air gentils et agréables ; la langue généralement employée est le français ; les Anglais, comme toujours, y tiennent commerces et banques.

« J'ai trouvé à me loger à l'hôtel Jacques-Cartier pour 7 francs 50 par jour, pension et chambre comprise », écrit-il à sa femme.

Le lendemain de son arrivée, il alla chez M. Bodard qui était, en somme, l'instigateur de sa venue ici. C'était lui qui, le premier, lui avait indiqué la formation de la colonie belge du Manitoba ; l'entrevue fut des plus cordiales et M. Bodard lui indiqua que de nouvelles colonies étaient en voie d'installation et qu'il allait prévenir les autorités religieuses de son arrivée prochaine.

Après quelques jours de visite à Montréal, Louis poursuivit son voyage en train, prit un sleeping-car et le départ fut effectif le 30 juin. Il raconte son voyage dans une lettre écrite à Léontine, sa femme :

« Nous longeons longtemps le lac Erié, puis nous traversons des plaines qui n'en finissent pas ainsi que des forêts qui me semblent immenses, où l'on remarque une foule d'arbres morts aux aspects fantastiques ; montagnes et vallées se succèdent maintenant nuits et jours ; des rochers aux formes étranges,

rougeâtre ou gris, granit ou basalte. Nous traversons aussi de nombreux fleuves et surtout des lacs innombrables, sauvages et grandioses.

« Les roches rouges pullulent maintenant ; la contrée est aride et rude, nous arrivons à des territoires plats recouverts de fleurs splendides.

« La voie longe le lac Supérieur, véritable mer dont on ne voit pas l'autre bord, le temps est chaud et beau, le soleil resplendit et éclabousse de ses lumières le lac que nous suivons depuis des heures. Nous le quittons, nous nous enfonçons à nouveau dans les terres : nous venons de quitter l'Ontario et rentrons maintenant dans le Manitoba.

« Ici le pays est totalement plat, il n'y a que des prairies, avec des fleurs, des roses sauvages, des trèfles et, à perte de vue, du blé qui ondule sous le vent ! Ah ! quelle merveilleuse terre à blé ! Elle est noire et riche, si on la travaile bien on doit pouvoir faire vivre sa famille avec facilité.

« Enfin, le train ralentit, le but de mon voyage est là, nous sommes le 3 juillet et il entre en gare de Winnipeg.

« Dès la sortie de la gare, la surprise est grande car tout est neuf, construit depuis peu : rues modernes, larges, pavées en bois ainsi que les trottoirs, partout des hôtels, des bars, des restaurants, seuls les bâtiments officiels sont en pierre : le palais du Parlement, la cour de Justice, l'hôtel de ville, l'université, le post-office, et cela tranche curieusement sur tout le reste de la ville qui est en totalité bâtie en bois. »

La première démarche de Louis a été de se présenter à l'archevêque de Saint-Boniface, seul quartier français au milieu d'une ville totalement anglophone, la rivière Rouge sert de frontière aux deux communautés.

Mgr Alexandre Taché le reçut et se montra attentif à ses projets de s'implanter à son tour au milieu des colons belges déjà installés au sud de la ville et qui formaient un noyau catholique très important au milieu des Anglais anglicans ou protestants.

Grâce à lui, il obtint un rendez-vous chez M. Hamilton, directeur du Canadian Pacific, la compagnie ferroviaire locale, qui lui obtint un « free ticket », autrement dit un « passage gratuit » pour toutes les directions qu'il envisagerait de prendre.

Le premier trajet qu'il entreprit fut de découvrir ces fameux colons belges au sud-ouest de Winnipeg, à Cypress River, où T. Campeau, curé du village, prévenu par le journaliste Bodard, de Montréal, l'attendait et ils se rencontrèrent.

C'était un dimanche ; à la messe toutes les familles étaient là ; apprenant qu'un journaliste belge était venu les voir, tout le monde, après l'office, s'empressa autour de lui et les connaissances se firent, les questions fusèrent ; après un long échange de vues, il ressortit que le travail était très dur mais le résultat payant, et personne ne voulait retourner en Belgique, tous resteront et continueront.

Le curé insista beaucoup pour qu'il revienne s'installer parmi eux, espérant que la « famille » belge s'agrandisse et pensant qu'avoir un avocat dans cette région ne pouvait être qu'un plus pour la communauté.

Mais il faut savoir que le travail, surtout au début, est très difficile, la contrée étant totalement boisée, il faut d'abord déboiser, extirper les souches, casser la terre avec un premier labour, puis relabourer et enfin semer, cela prend plusieurs mois, mais le résultat est garanti, d'autant plus que la province a trouvé un système très avantageux pour des hommes courageux.

Elle donne ce qu'elle appelle un « homestead », ce que l'on pourrait traduire par « une terre familiale », par exemple un fermier reçoit 2 hectares, une fois ces deux hectares mis en cultures, la province donne gratuitement au fermier le double, soit 4 hectares. Une fois les 4 hectares mis en production, la province en donne 8 et ainsi de suite. La difficulté est de trouver le premier homestead, ou d'avoir la possibilité d'en racheter un.

Louis, malgré ses recherches, n'en trouva pas de disponible, mais il informa toutes les relations qu'il pouvait avoir pour essayer d'en dénicher un, car, maintenant qu'il avait vu ce qu'il était venu voir, sa décision était prise : il reviendrait s'installer ici et y refaire sa vie.

Avant de repartir, Louis voulait voir les Montagnes Rocheuses, le « freee ticket » lui permettait de voyager gratuitement sur les trains Canadian Pacific et, après quelques jours passés à Winnipeg, il s'embarqua à bord d'un train pour Calgary où, après 48 heures de voyage, il arriva en vue des Rocheuses, son rêve satisfait.

Il visita encore des colonies belges disséminées dans la région et eut la confirmation de leur implantation réussie ; alors, conforté dans sa décision, il n'eut plus qu'une idée en tête, repartir pour revenir le plus tôt possible, avec un seul point noir : trouver une terre disponible. Mais qu'importe ! Faisons comme si ! Dieu y pourvoira ! et... le voilà sur le chemin du retour.

La première chose qu'il entreprit, arrivé en Belgique, fut de convaincre sa femme Léontine. Mais n'était-il pas avocat ?

Il a dû forcément trouver les mots qui convenaient et celle-ci se rendit à ses arguments.

Les enfants étaient ravis de l'aventure qui les attendait et, avant le départ, chacun de se perfectionner en anglais car cela leur serait très utile sur place.

Les mois d'hiver passèrent et le miracle se réalisa au printemps : un homestead s'était libéré et pouvait être acquis tout de suite.

Louis télégraphia son accord, d'autant que la terre était située auprès des colons belges qu'il connaissait déjà : c'était celle d'un certain Hamel, d'une superficie de 5 hectares ; cette fois-ci, plus rien ne faisait obstacle. Ils allaient partir.

Effectivement, le départ eut lieu le 15 mai 1892. Louis, Léontine sa femme et leurs 6 enfants s'embarquèrent sur le bateau *Hungaria* en compagnie d'un prêtre, ami de la famille : l'abbé Gustave Willems ; les amarres larguées, l'Europe était derrière eux, l'Amérique les attendait, l'aventure commençait.

La traversée se déroula lentement, sans problème, et le 29 mai la famille au complet arriva à Montréal ; après un court repos, c'est par le train que tous se retrouvèrent d'abord à Winnipeg, puis à Cypress River où leur arrivée officielle se situa le 4 juin 1892, veille de la Pentecôte.

Le lendemain, à l'office du dimanche, la communauté belge les entoura et ils se sentirent moins dépaysés ; ils découvrirent surtout une grande solidarité. Une famille d'un petit hameau situé à 15 kilomètres de Cypress River, les Bernardin, les recueillit, le temps que la cabane située sur le terrain de M. Hamel soit utilisable, ne serait-ce que pour les abriter des intempéries.

Puis, grande émotion à la découverte du terrain qu'ils ont acheté mais qu'ils ne connaissaient pas. Il est légèrement vallonné, d'un accès facile, 2 hectares ont été semés en avoine avant le départ des Hamel, cela leur fera un petit appoint. Mais le gros point est d'être chez eux une fois les gros travaux à la cabane finis et de s'organiser avant que l'hiver n'arrive.

Car ici, comme dit le dicton :

> « Au Manitoba, les étés sont très courts,
> les automnes splendides,
> les hivers très durs et trop longs,
> les printemps ne comptent pas ! »

Quinze jours après leur arrivée, ils occupaient leur cabane qui devint ferme. Tous peuvent y loger ; une assez jolie vue s'étale à leurs pieds : la maison est à flanc de coteau, entourée de bois, à part les 2 hectares défrichés.

Il fallut d'abord calfeutrer la maison : tout le monde s'y mit, le voisinage les aida de son mieux et la vie s'organisa avec une course contre la montre, car en octobre... l'hiver est là et ils réussirent leur pari.

Léontine, la mère, avait la haute main sur l'organisation : elle avait loué des valets et, avec des vaches, défricha le terrain, les garçons coupèrent les arbres, les débitèrent et vendirent le bois pour ramener quelque argent ; les filles s'occupaient de la volaille et des vaches ; la création d'une laiterie pointa à l'horizon ; Joseph, leur troisième fils, bon chasseur, passait ses journées dans les bois pour ramener la seule viande fraîche qu'ils pouvaient s'offrir : les produits de sa chasse.

On avait besoin d'argent pour acheter les outils : les charrues indispensables à la bonne marche de l'exploitation, alors Louis se souvint qu'il était un intellectuel et un journaliste, mieux que l'agriculteur qu'il essayait de devenir.

La journée finie, il passa ses nuits à écrire des articles qui étaient pris par des revues canadiennes ainsi que par les Etudes franciscaines qui se publiaient en Belgique.

Un journal catholique était en train de se créer à Québec et des journalistes chevronnés, comme lui, manquaient dans ce pays neuf ; aussi fut-il accepté comme rédacteur sur-le-champ ; et là, il était mieux à son affaire que devant une charrue ou derrière des vaches en train de défricher ; mais cela permit surtout de faire rentrer de l'argent frais.

Puis, brusquement, tout s'arrêta, la neige et le froid paralysaient tout, l'hiver était là.

Les enfants, éloignés du village de 15 kilomètres, ne pouvaient plus aller à l'école ; les parents se transformèrent en instituteurs, les enfants lisaient beaucoup ; Léontine fila la laine et confectionna des vêtements, les filles l'aidaient de leur mieux, la vie petit à petit ralentit, la famille se resserrait, la maison faisait le gros dos sous son manteau blanc et tous... attendaient le printemps : enfin, il arriva et le travail reprit.

La propriété, à force de travail, s'agrandit suivant le principe du homestead ; en 1893, ils possédaient 10 hectares, les enfants grandirent, forcirent, travaillèrent et sept ans plus tard, en 1905, ils étaient à la tête de 128 hectares qui n'étaient pas tous en production mais qui leur appartenaient et, après 12 ans d'un labeur écrasant, Louis écrivit à un de ses collègues du *Courrier de Bruxelles*, son ancien journal :

« Nous mettons en semailles nos 480 acres, soit 192 hectares, nous avons 8 chevaux et 15 bêtes à cornes, deux moissonneuses-lieuses, deux machines à couper le foin, trois charrues dont une double, deux graineries (nous dirions silos de nos jours) pouvant recevoir 2 000 boisseaux de grains, trois étables, des écuries, porcheries, le tout bâti par nous, avec notre bois.

« Nous venons de faire construire une nouvelle maison, plus grande et plus agréable. Tous nos enfants sont fermiers et grandissent avec nous. »

Et les enfants, devenus des hommes et des femmes, restèrent autour de la ferme familiale, achetèrent des terres ou les reçurent en héritage, et avec le système du homestead agrandirent leur propre domaine et s'étendirent dans la plaine autour de la maison qu'avaient bâtie leurs parents.

Nous en sommes, aujourd'hui, à la troisième génération ; certains sont devenus avocats, professeurs ou prêtres, mais il y a toujours eu un ou deux enfants de chaque famille qui sont restés sur ces terres pour y être fermiers.

L'un de ces enfants, Antoine, prêtre, fut nommé, il y a quelques années, évêque et, dernièrement, archevêque de Saint-Boniface, là même où son grand-père était arrivé pour la première fois au Manitoba, il y a un siècle.

L'anniversaire de cette arrivée a été célébré en juillet 1990 au Manitoba, à Bruxelles, le village d'où tout est parti. Une grande fête a été organisée à l'occasion de ce centenaire, nos cousins d'outre-Atlantique nous ont invités et, du monde entier, nous sommes venus les rejoindre.

Nous étions une dizaine de ma proche famille de France à y aller, entre autres : ma sœur Any, ses deux petits-enfants, Stéphan et Aude ; mon fils aîné Charles et mon petit-fils Morgan, mes neveux et des cousins germains de Nice, Lyon, Paris ; profitant de cette occasion, j'avais organisé un voyage en car qui nous fit découvrir Montréal, Québec, Toronto, Niagara, New York et Boston, puis, après notre périple, ce joyeux groupe de tous âges, de huit mois à 70 ans, est arrivé à Winnipeg où nos cousins nous attendaient à l'aéroport pour nous accompagner à Bruxelles, distant de 150 kilomètres.

Nous avons emprunté une route rectiligne qui, sur cette distance, n'a que 7 légers virages, et en approchant du lieu de la réunion, un de nos cousins nous a dit :

« Tiens, c'est ici que commence notre propriété, de l'autre côté de la route c'est à mon fils. Nous ne faisons que du blé. »

Puis la conversation reprit dans la voiture et, au bout de 15 minutes environ, notre cousin nous dit, alors que nous n'y pensions plus :

« Cette pièce s'arrête là, il y en a une autre derrière qui, elle, fait 7 kilomètres. »

C'est un autre monde, une autre façon de compter, nous venions de suivre une propriété cultivée qui faisait au moins 12 kilomètres de côté et il y en avait une autre qui continuait sur 7 kilomètres, de l'autre côté de la route, c'était celle de son fils !

Notre mentalité d'Européens a du mal à assimiler de telles surfaces, c'est trop grand, trop disproportionné avec nos petits champs de France ; quand je lui demandais comment il faisait pour les moissons, il m'a raconté que c'était une entreprise hautement spécialisée qui venait avec des moissonneuses de 12 mètres d'ouverture et que, pour moissonner, il leur fallait entre 8 et 10 jours de travail, sans arrêt, de jour et de nuit avec des équipes qui se relayaient... un autre monde !

Puis, nous sommes arrivés devant la maison des grands-parents, ce fut très émouvant : savoir que c'était là la maison de la sœur de ma grand-mère évoquait pour moi un sentiment très fort et je me sentais très concerné.

La fête du lendemain fut touchante de simplicité et stupéfiante d'organisation, de chaleur humaine, d'affection. Nous étions chez nous alors que nous ne connaissions que 10 personnes sur les 450 qui étaient venues.

Nous faisions partie de cette famille et ils étaient très touchés et reconnaissants que nous soyons là, nous qui venions de si loin, de la « vraie France » comme ils disent en faisant le parallèle avec la province du Québec qu'ils appellent la « Nouvelle France ».

Nous avons passé 3 journées magnifiques au milieu de ce peuple jeune, gai, sain, et heureux de fêter ensemble l'arrivée, il y a 100 ans, de ce couple qui avait osé tout quitter pour se lancer dans l'inconnu,

Nouvelle maison construite sur l'emplacement de l'ancienne.

faire un métier qu'il ne connaissait pas, le tout de l'autre côté de l'Atlantique ; travaillant dur, très dur pendant des années et aujourd'hui voir leurs propres descendants au nombre de 450, tous réunis, admirant leur œuvre.

« L'individu ne vaut rien, disait Flaubert, seule l'œuvre compte. »

Je crois que si l'œuvre fut fantastique, c'est bien celle-là et aujourd'hui, lorsque le blé est levé et que d'une butte on regarde au loin, vers les quatre coins de l'horizon, on voit cette plaine riche, sans fin, qui est le résultat du premier grain que Louis et Léontine ont semé, il y a déjà un siècle.

Chaque « fermier » de chaque branche de la famille possède en propre et cultivable en moyenne 700 hectares chacun ; cela nous laisse rêveurs, nous autres petits Français et pauvres Européens.

Nous ne pouvons être qu'admiratifs quand nous savons que ces kilomètres carrés de terre à blé en pleine production sont partis des 2 hectares d'avoine du premier homestead de Louis et Léontine.

J'avoue être fier d'appartenir à cette famille dont certains furent des aventuriers et des pionniers, même si l'on doit reconnaître que maintenant la race en est éteinte.

Il nous reste le rêve et l'exemple, car tout est possible à celui qui croit et qui entreprend.

Chapitre III

11 février 1992, j'ai 63 ans, ma vie s'est écoulée, relativement facile. Elle fut riche d'événements variés, insolites, curieux, exaltants, dramatiques ; en somme, une vie ordinaire pour quelqu'un qui n'a d'extraordinaire que le fait de regarder et surtout de voir !

J'ai eu de la chance, c'est vrai, tout le long de ce temps que j'ai vécu, et je ne me plains de rien.

Mais est-ce que cela vaut la peine d'être raconté ?

J'en doute, mais est-ce pour les autres que l'on raconte une histoire ?

N'est-ce pas plutôt beaucoup pour soi ?

C'est aussi avec plaisir que j'ai envie de parler de moi !

Peut-être réussirai-je à intéresser quelques lecteurs.

La seule chose que je m'impose, c'est de dire exactement ce qui s'est passé... ou presque, et surtout de ne rien enjoliver... ou si peu ! Que d'avance, je m'absous !

Et puis, écrire c'est ne pas mourir !

Vous allez dire : « Encore un gugusse qui se prend pour Alexandre Dumas ou Alexandre Jardin ! » Moi ? Pas du tout.

Je pense même que jamais personne ne pensera à m'éditer, car, à notre époque où la rentabilité est reine, il faudrait que je trouve un philanthrope et, dans le fond, il me semble que ce serait très indiscret de votre part de vous plonger dans ma vie !

Non, la seule qualité que vraiment je me reconnaisse c'est que je ne me prends pas au sérieux, aussi c'est en souriant que j'aimerais que vous preniez connaissance des événements de ma vie.

Je commence par le début.

Il gelait à pierre fendre ce 11 février 1929 sur cette ville du Tarn, ancien camp romain d'où son nom de Castres, traversée par l'Agout, petite rivière dolente qui avait une particularité ce jour-là : elle était gelée et, aux dires des autochtones, on avait vu des chiens marcher sur la rivière ; c'est déjà surprenant, mais, en plus, le lieu de ma naissance, au 1, rue Sœur-Richard, l'est aussi : cette pauvre religieuse devrait être flattée, non à cause de ma venue, mais plutôt à cause de celle de mon voisin : en effet, c'est au 3 de cette même rue que naquit Jean Jaurès, nos maisons sont mitoyennes.

Avouez que cela ne commence pas si mal ?

Tout au moins, suis-je né en bonne compagnie !

Des cinq premières années, il ne me reste rien, comme chez tout un chacun, si ce n'est la sensation d'une grosse main, immense, rugueuse, qui était celle d'un vieux monsieur qui avait une grosse voix, qui portait un gilet duquel pendait une chaîne de montre en or que j'essayais de temps en temps d'attraper et qui était mon grand-père maternel.

De cette période aussi, j'ai le souvenir de ma mère qui mouillait son mouchoir en le léchant et m'en débarbouillait, chose que je détestais entre tout : je trépignais, criais dès qu'elle m'avait attrapé.

Je me vois aussi donnant des coups de pied à une grande fille blonde qui vivait avec moi et était ma sœur aînée de sept ans, Any, dont les tibias doivent encore en porter les marques. En somme, début heureux dans la vie d'un horrible bambin, dont j'ai ouï dire que les femmes de la famille me laissaient tout faire et j'en tirais le maximum.

Puis arrive la scolarité à l'école Sainte-Foy, école laïque sentant bon l'encre, la craie et les tabliers noirs ourlés d'un liséré rouge bien repassés, avec les « tap ! tap ! » des galoches de bois dans les rues de gosses se courant après ; les glissades l'hiver dans les caniveaux gelés, cet exercice étant facilité par nos galoches, la pénurie de cuir et de caoutchouc faisant en sorte que nos chaussures montantes avaient des semelles en bois articulées et renforcées de gros clous qui, une fois un peu usés, faisaient un fartage exceptionnel sur la glace, car nous étions en guerre cet hiver de 1940 où il faisait si froid.

La vie est curieuse, elle vous réserve toujours des surprises. Lorsqu'on écrit quoi que ce soit d'ailleurs, c'est d'abord pour soi, ensuite pour les autres, pour savoir ce qu'ils en pensent et comme on pense que ce que l'on a écrit est très bien, on n'en attend que des compliments. Donnant mon manuscrit à une amie qui m'est chère et qui, de plus, est professeur de français, je m'attendais à un jugement que je savais honnête par avance, mais son verdict dépassa mes espérances car elle me fit cette réponse lapidaire :

« C'est bien, mais ce n'est pas toi ! »

Alors, depuis, je m'interroge, je me pose des questions et la réponse est « Oui ! ». Mais dois-je me laisser aller à tout dire ? Toutes les vérités sont-elle bonnes à dire et surtout à écrire ? Doit-on donner une image de soi fausse ou vraie ? Se regarde-t-on pour ce que l'on est ou pour l'image que l'on veut donner de soi ? Je crois que je vais trancher car il faut que je le fasse, et je vais simplement être honnête et laisser parler non ma plume, mais mon cœur.

Les femmes m'ont marqué depuis ma plus tendre enfance, non pas en bien, car ma mère qui a été mon premier contact avec la femme m'a laissé faire tout ce que je voulais et, de ce fait, mon insécurité a été totale. Mon père, mis au courant de mes méfaits qui étaient nombreux, car je voulais qu'on me remarque, ne discutait pas avec moi, il défaisait la ceinture de son pantalon et m'en cinglait les jambes. Chose curieuse, je ne lui en voulais pas à lui qui me flagellait, j'en voulais à ma mère qui, me prenant la main dans le sac, aurait dû sévir sur-le-champ ; cela aurait été juste.

Non, elle laissait ce soin à mon père lorsqu'il rentrait à la maison, après son travail de la journée. J'avais, de plus, l'impression qu'elle « cafardait » et que je ne pouvais pas lui faire confiance, ce qui enlevait toute l'intimité qu'un garçon peut et doit avoir avec sa mère, chose que je n'ai jamais eue. Je n'en ai jamais voulu à mon père de me frapper parce qu'il était juste d'être puni, après avoir fauté, même si les moyens employés étaient discutables.

Mais, mes parents ensemble ne m'ont élevé que physiquement, se privant à l'occasion pour me nourrir, pendant la guerre, me laissant manger en un repas tout le pain donné grâce aux tickets pour une maisonnée de six personnes, ce qui prouve que je n'étais pas éduqué. Les grandes valeurs humaines ne m'ont pas été apprises, je n'ai jamais eu de discussions sérieuses avec eux sur la vie, sur les devoirs de chacun, sur ce qui se fait ou non.

Ils m'ont donné l'exemple, c'est vrai, mais ne m'ont jamais expliqué pourquoi ils agissaient de telle ou telle façon.

J'ai toujours attendu que mon père me parle des femmes et de la sexualité. Il ne l'a jamais fait. J'ai pensé que cela ne se faisait pas, que ses parents n'avaient pas dû le faire, et pourtant j'ai attendu et espéré.

Paradoxalement, ou peut-être à cause de cela, j'ai fait la même chose avec mes enfants : je n'ai pas su leur parler et répondre à leurs attentes, ils peuvent donc m'en faire le reproche, ils auront raison. Sauf Vincent, mon dernier fils avec lequel j'ai toujours eu une grande complicité ; avec lui, j'ai pu m'exprimer en tant que père. Par contre, les autres peuvent se sentir frustrés.

Mes parents m'ont donné l'exemple, ce qui n'est pas si mal, d'un couple uni. Ma mère, toute sa vie durant, a eu une véritable vénération pour mon père et ce depuis qu'elle était toute petite. Je n'irai pas jusqu'à dire que la réciproque était vraie, ayant toujours vu mon père avoir la main baladeuse avec la gent féminine, ce qui ne veut pas dire qu'il était coureur pour autant, mais...

La seule chose dont je suis certain c'est qu'il aimait la vie, la convivialité, les repas, les fêtes de toutes sortes : c'était un bon vivant qui adorait parler en public, racontait des histoires que tout le monde connaissait, pour les avoir déjà entendues, mais il les racontait si bien : il avait l'art de changer un détail, d'ajouter certaines variantes qu'il improvisait, on avait l'impression de les découvrir à chaque fois. C'était un homme avant tout public qui adorait recevoir. Sa maison était toujours pleine de monde. Il invitait chez lui, au moins deux ou trois fois par semaine, avec une base : la famille Chabbert et tout ce qui se greffait autour, plus tous ceux qui se présentaient. J'étais attentif à ces invitations car j'étais concerné par celles-ci.

A chaque réception, une fois la nappe mise, je demandais à ma mère le service qu'il fallait mettre et, suivant l'importance de l'invité, elle me disait :

« Le numéro un ou le numéro deux ou le numéro trois. »

Car il y avait trois services complets à la maison et j'avais en charge de mettre le couvert ; j'ai toujours aimé une belle table et la décorer. Jamais ma mère ne m'a fait la moindre remarque sur la manière dont la table était dressée. Je demandais s'il y avait plusieurs vins et je mettais trois ou quatre verres selon les cas. Je ne pense pas m'être souvent trompé du haut de mes 10 à 12 ans.

Actuellement encore, c'est toujours un plaisir pour moi que de dresser une belle table.

Puis ce fut la période théâtrale, où en tant qu'amateurs et pour des « Galas de bienfaisance », mes parents jouaient des pièces de théâtre, leur renommée régionale étant tout à fait établie ; les enfants que nous étions, ma sœur et moi, nous trouvions pris dans ce tourbillon ; dès mes 10 ou 12 ans, je me revois sur scène, comme figurant ou donnant de petites répliques, alors que ma sœur, plus âgée, remplissait à merveille des rôles de soubrette avec du texte à dire, ce dont, je l'avoue, j'étais fort jaloux. Ce fut une période assez exaltante pendant laquelle je m'élevais tout seul, mes parents étant trop occupés ailleurs, travaillant beaucoup à l'usine de cartonnage que mon père avait créée, le reste de leur vie étant pris par des occupations annexes.

Moi, dans tout cela, j'étais un peu ballotté de droite et de gauche, seul les trois quarts du temps, et... je découvris la lecture avec tout ce que cela peut apporter d'évasion à un adolescent et je devins tour à tour Ivanhoe, Surcouf, et surtout d'Artagnan, ce qui me permet d'être incollable, même à l'heure actuelle, sur le siècle de

Louis XIII et de Louis XIV, non à cause de mes professeurs d'histoire, mais grâce à Alexandre Dumas.

Je pense que cette solitude, qui fut ma compagne de jeunesse et qui a continué à m'accompagner une partie de ma vie, est une amie avec qui je vis, ce n'est pas une ennemie, elle me permet de me plonger en moi, de savoir que je ne peux compter que sur moi, de ne rien attendre des autres.

Ce n'est pas désespérer des autres, c'est ainsi ; cela n'est pas triste non plus. Pour la majorité des gens, il faut du monde autour d'eux pour qu'ils se sentent vivre ; pour moi, ce n'est pas le cas et cela allait me préparer aux deux fonctions qui allaient être les miennes, celle de P.D.G. de société et celle d'entraîneur de football, postes où on est on ne peut plus seul et où, pourtant, on travaille pour les autres et avec eux.

Dans le fond, peut-être est-ce là une des définitions du « chef ». Mais si j'ai excellé dans cette fonction, c'est que l'opinion des autres a toujours été très importante à mes yeux, j'en ai toujours tenu compte pendant mes vingt ans de directeur de société ; or, en définitive, je m'aperçois qu'il n'y a que la mienne qui ait prévalu. C'est en écrivant ces lignes que je m'en aperçois.

Un moment privilégié de cette époque était le samedi : mon oncle Jules descendait de La Fontasse à Castres pour vendre au marché de la place de l'Albenque ses paniers en osier qu'il confectionnait lui-même et, merveille des merveilles, il me remontait avec lui, mais ce que je n'ai pas dit, c'est qu'il descendait de son village en carriole à cheval et que, pour moi, c'était une aventure que de remonter à La Fontasse, distante de 7 kilomètres, dans cet attelage.

Sur les portions de routes droites, oncle Jules me passait les rênes et je n'étais pas peu fier de guider l'équipage, m'imaginant traverser les grandes plaines de l'Ouest américain.

Cet oncle ne venait que rarement chez mes parents et n'avait jamais compris le mécanisme du gros poste de radio que nous avions sur le buffet de la cuisine. Surpris d'entendre de la musique ou des paroles, il le retournait et ne voyant que lampes et fils enchevêtrés, il hochait la tête et disait dans son patois languedocien :

« Es lou diable ! C'est le diable ! »

Il fallait arrêter le poste pour qu'il participe un peu à notre vie de famille, puis il repartait comme il était venu. Son village, ou plutôt son hameau, s'appelait « La Massalarié », près de La Fontasse ; il devait y avoir une dizaine de maisons, tout le monde se connaissait ; tante Justine, sa femme, faisait cuire la soupe dans l'« houle » pendue à une crémaillère, dans la cheminée, à même un feu de bois. Cela sentait bon la soupe, le lard et le foin, car nous vivions au-dessus d'une étable où se trouvaient le cheval qui venait de nous accompagner et un âne qui servait aux travaux des petits champs que mon oncle possédait.

Mon travail consistait à aller à « la foun », la fontaine, chercher de l'eau dans des cruches en grès, dont je possède un modèle dans ma cuisine actuelle mais, alors, c'était un événement d'aller à la foun car il y avait des têtards et c'était une occupation sensationnelle que de les attraper ; pour y aller, on passait devant le foirail, espace plat et rond, en terre battue, dans un coin du hameau où, à la saison, on battait le blé avec des fléaux de bois, tout le village s'y mettait et je me rappelle avoir fait des gerbes d'épis et m'être cisaillé les doigts en essayant de lier les bottes de blé.

Après le dîner, à la nuit tombante, on descendait au bord du ruisseau qui serpentait en dessous de la maison pour mettre des balances avec des morceaux de viande dans l'eau ; la nuit venue, avec des bougies, on allait lever les balances et récupérer les écrevisses ; j'avais une sainte terreur de leurs pinces qui me semblaient énormes.

Au milieu de la nuit, nous remontions nous coucher en tremblant : moitié froid, moitié peur, car nous n'étions pas habitués aux bruits de la nuit à la campagne.

On se couchait dans un lit immense où l'on s'enfonçait avec, par-dessus nous, une couette énorme, au milieu de bruits étranges : les bêtes qui remuaient leurs têtes faisant sonner les chaînes de leurs cous, le feu qui claquait dans la cheminée lançant quelques lueurs dansantes qui projetaient sur le mur des ombres tremblantes qui s'animaient au gré de nos pensées et devenaient tour à tour chevaliers prenant Jérusalem ou monstres des forêts ; lorsque le vent se levait, l'air passant à travers les fenêtres mal jointes ravivait les tisons et des flammes nouvelles jaillissaient, et je m'endormais dans un délicieux mélange de crainte et de bonheur qui doivent habiter tout gamin de dix ans, j'enfouissais ma tête dans un polochon au drap rugueux et fermais les yeux très fort pour ne plus voir danser sur les murs de cette chambre cette farandole inquiétante.

Le matin, réveillé par l'âne qui s'ébrouait, ou les poules qui caquetaient, mais surtout par ma tante dont les sabots claquaient sur les marches, en descendant à la cave pour chercher de quoi alimenter le feu qui, déjà, pétillait et dont l'odeur de bois brûlé envahissait toute la maison.

Le café, dans l'âtre, passait régulièrement par-dessus bord et le tintement des bols ainsi que mon estomac qui criait famine me poussaient hors du lit ; j'embrassais ma tante en me piquant à sa barbe qu'elle n'épilait jamais et mon oncle dont la moustache rêche et blanche m'inspirait le plus grand respect. Quelles vacances heureuses on passait dans cette ferme délabrée, avec ses lampes à pétrole, sans télé, sans eau, sans téléphone, sans micro-ondes mais où il faisait si bon vivre !

Près du hameau de La Massalarié où habitaient mon oncle et ma tante, à un kilomètre environ, se trouvait une maison rustique que l'on rejoignait en suivant un chemin à travers bois et prairies ; mes parents, un jour, achetèrent « Pavillon ».

Nous y allions quelquefois en groupe, bien souvent à vélo ; des jours heureux et des heures joyeuses furent passés dans cette maison dans la « montagne noire » : c'était déjà l'aventure, car la route goudronnée que nous suivions pendant trois ou quatre kilomètres au départ de Castres s'arrêtait brusquement.

Ensuite, on empruntait de petits sentiers à peines marqués, bordés de haies, zigzaguant à travers une plaine verdoyante avec, comme toile de fond, cette petite montagne où notre « Pavillon » trônait à flanc de coteau.

On le voyait de très loin, tache claire au milieu d'une végétation, sinon noire, tout au moins foncée, car les monts de Lacaune étaient une région dure, sauvage, mais belle avant que les fossoyeurs de granit ne la mettent en pièces ; je dis fossoyeurs, car le principal objet de la destruction de ces merveilleux blocs de granit est la fabrication de pierres tombales.

Lorsque nous y allions à vélo, les chemins étaient de terre, et de fines poussières blanches s'élevaient à notre passage ; les seules rencontres sur le trajet de sept kilomètres qui nous séparaient de « Pavillon » étaient des vaches, des mulets ou des oies, dont mes mollets gardent quelques souvenirs cuisants, qui vagabondaient et passaient d'un champ à l'autre sans entrave.

Sur les étroits chemins de l'époque, lorsque nous nous croisions, avec les vaches surtout, nous descendions de nos vélos et marchions à pied, la crainte un peu au creux de l'estomac, car nous, gens de la ville, craignions d'affronter d'un peu trop près ces paisibles ruminants qui ne nous ont jamais fait le moindre mal, mais dont la stature nous en imposait, j'étais bien petit avec mes neuf ou dix ans.

Le chemin longeait ensuite le Lézert, petit ruisseau coulant toujours, même au plus fort de l'été, avec une eau glacée venant de la montagne et qui recelait dans son cours les délicieuses écrevisses qu'avec l'oncle Jules nous ne manquerions pas d'aller pêcher, la nuit venue.

Ensuite, il fallait monter, car le chemin grimpait en se tortillant de plus en plus ; il n'était pas rare qu'une brave paysanne, sur le pas de sa porte, nous interpelle et nous offre à boire, vu notre état de sueur, dans des chopes en étain, ce qui donnait au contact des lèvres une sensation de douceur inhabituelle ; après de nombreux remerciements, nous repartions.

Nous reprenions notre grimpette jusqu'à franchir « la rivière des rochers », cet amas incroyable de blocs de granit sur plusieurs kilomètres qui cache le lit du Lézert dont on entendait le murmure étouffé par les milliers de tonnes de rochers qui le recouvrent. Que la nature est bizarre et belle aussi ! On aurait dit un immense troupeau d'éléphants serrés les uns contre les autres, descendant vers la vallée ; certains avaient des formes plus accentuées que d'autres, mais leur gris uniforme faisait vraiment penser à des éléphants.

La rivière franchie, on montait toujours et après avoir passé le « rocher tremblant », juché au-dessus du chemin et qui ne tremble plus du reste, coincé qu'il est par les coquilles de noix que la coutume voulait que l'on casse en le faisant bouger, ce qui le faisait passer pour le plus grand, le plus gros et le plus lourd casse-noix du monde. Après une ultime rampe et un dernier soupir, on arrivait sur un petit plateau où se trouvait notre « Pavillon », ancienne ferme vraisemblablement, au site exceptionnel, car toute la vallée était à nos pieds et le coup d'œil était merveilleux.

C'est une bâtisse à un étage, toute en longueur, avec deux chambres en haut et le séjour, desservis par un escalier en granit aboutissant à une loggia, en granit aussi ; le spectacle depuis cet endroit est féerique : on voit à des kilomètres, sur 180 degrés plein ouest, ce qui nous offre de somptueux couchers de soleil avec, au fond de sa cuvette, la ville de Castres, les Pyrénées qui ont la coquetterie de se montrer le soir et le matin, l'ensemble bordé à gauche par la « Montagne Noire » et à droite par le village de La Massalarié ; un peu plus haut, émergeant de la forêt, le clocher de La Fontasse qui, dans le soir, lorsque tout est paix, nous offre l'angélus et, de surcroît, nous indiquait les heures tout au long du jour.

La maison était extrêmement simple avec sa grande pièce d'entrée, son immense cheminée, sa longue table, un lit dans un coin, une petite armoire à vaisselle dans l'autre et, derrière la porte, un évier en granit, une simple pierre taillée qui rejetait vers l'extérieur les eaux usées, un petit butane d'appoint, quelques chaises, c'était tout ; ensuite deux chambres, l'une desservant l'autre avec deux marches pour accéder à celle du fond, très grande, à plusieurs lits où, étant gamin avec des amis du même âge, nous nous battions hardiment à coups de polochon ou essayions de nous étouffer sous les énormes couettes qui ornaient chaque lit.

J'ai toujours connu du monde avec nous, à Pavillon.

Mes parents recevaient beaucoup et le week-end, en été, ils venaient se reposer avec deux de leurs amis, mais surtout avec Albert Chabbert, tonton Albert pour moi, il était l'alter ego de mon père, son ami, de ces amitiés viriles qui passent le temps et qui entraînent derrière elles les familles, femmes et enfants confondus.

Les « enfants Chabbert », comme nous les appelions, furent les frères et sœurs de ma jeunesse : Marcel était le grand frère que je craignais car il tonitruait et sa voix m'effrayait un peu.

Mes parents l'auraient souhaité comme gendre, mais il prit un autre chemin puisque, à l'heure actuelle, il préside aux destinées de l'évêché de Perpignan. Les filles dont je fus tour à tour amoureux, de Vévette à Gina en passant par Manou, la plus indépendante de toutes, et Loulou, mon grand copain de jeunesse et de frasques, qui me fit le parrain de son fils, dont je me suis très mal occupé ; en somme ma famille bis.

A Pavillon, nous étions toujours 8 à 10 personnes, à telle enseigne qu'en bas, au rez-de-chaussée, qui n'était qu'une cave-débarras, mes parents durent faire une chambre supplémentaire pour que les amis puissent tous rester. Dernièrement, j'ai retrouvé une photo de cette époque qui montrait une joyeuse tablée ; quelqu'un y avait rapporté cette annotation très explicite : « chez Pierre, noces et banquets ».

Un puits alimentait toute la maisonnée ; il fallait tourner une grosse roue et ce travail m'était réservé, je ne sais pourquoi. Mais : « Jean, il me faut de l'eau ! » était un cri où je me sentais totalement impliqué : la maison ne tournait pas sans moi !

Je montais l'eau à ma mère ou aux personnes assoiffées car l'eau était glacée, je ne sais d'où elle venait, mais je me rappelle les brocs que je montais le matin et avec lesquels je remplissais l'houle qui pendait à la crémaillère et qui chauffait sur le feu que j'allumais bien souvent, car j'ai toujours su allumer un feu, même petit garçon !

Une autre attraction de « Pavillon » était les « commodités », au fond du petit lopin de terre que nous possédions, faites d'un tout petit édicule en parpaings ; chaque fois qu'il y avait un occupant, et que l'on voyait, au travers des planches disjointes de la porte, arriver quelqu'un ayant la même intention que vous, il fallait crier : « C'est occupé ! » pour s'entendre dire : « Dépêche-toi, ça presse ! », même si chacun aurait pu attendre ; mais c'était la coutume, la règle du jeu !

Quelquefois, il y avait tellement de monde « chez Pierre » qu'il fallait monter une tente et les plus grands dormaient à la belle étoile, droit que je revendiquais, malgré mon jeune âge, droit que je prenais ou que l'on m'accordait.

C'était l'époque des temps heureux, malheureusement, cette maison est aussi liée, pour moi, à des souvenirs plus tragiques.

Le jour où Marseille a été bombardée, depuis Pavillon, nous l'avons parfaitement entendu et je dirais presque senti, tellement les coups sourds que nous percevions faisaient trembler le sol et pourtant, nous devions être à 300 kilomètres à vol d'oiseau, environ, de la cité phocéenne.

Le jour aussi où une escadrille de chasse est venue mitrailler la gare de Castres, nous étions exactement dans l'axe de leur vol et les avions viraient juste au-dessus de la maison. Le spectacle était passionnant, mais nous avions peur et nous étions impuissants.

Cette maison compte aussi pour moi, car c'est là où j'ai amené ma première conquête, j'avais quinze ou seize ans et... ce sont des choses que l'on n'oublie pas.

Chaque fois que je peux, j'y passe devant ; maintenant, le chemin blanc et poussiéreux a été remplacé par une route goudronnée, mais la maison est toujours là et, si rien n'est fait contre elle, elle sera toujours là dans un siècle. Pensez donc, elle est construite en granit ; la seule nouveauté que j'y ai vue, c'est que depuis que mes parents l'ont vendue, après la guerre, les nouveaux propriétaires y ont amené l'électricité.

Fini le charme de la lampe à pétrole que l'on descendait le soir, dans le jardin, sur la table où les parents jouaient aux cartes, où les repas n'en finissaient pas dans la douceur d'un soir d'été !

Que le temps était doux à vivre à cette époque-là !

Mais chaque moment a son charme, chacun ne regrette qu'une chose d'autrefois : sa jeunesse, rien n'est plus pareil, le temps et les ans changent.

Pavillon, pour moi, restera toujours un bon moment dans ma vie. La jeunesse, comme disait Cervantes, est une maladie dont il faut guérir le plus tard possible, j'espère en être toujours malade.

Chapitre IV

Entre-temps, la guerre était arrivée. Mon père fut mobilisé.

Il partit à Vielmur d'abord, village natal du Dr Etienne, l'explorateur polaire moderne d'Antarctica, puis dans le nord de la France où il disparut pendant des mois. Les femmes seules se réunissaient une fois par semaine pour se donner des nouvelles les unes aux autres ou tout simplement pour former une sorte de confrérie de femmes laissées au domicile, les hommes étant partis à la guerre.

Cette société de femmes travaillant en lieu et place des hommes absents ne pouvait s'occuper d'un jeune garçon ; on me mit donc en pension au petit séminaire de Castres. Je n'y fus pas malheureux, mais j'y ai eu faim, nous mangions peu : un pain de couleur verte était mon seul étonnement, et mon festin, suivant le jour de la semaine, était des œufs au plat à la tomate.

Le vendredi soir, Maurice, le contremaître de l'usine de cartonnage de mon père, venait me chercher en motocyclette, une New Map marron, et c'était une joie pour moi de rentrer à la maison en moto à toute allure et de sentir sur mes joues les larmes qui coulaient des yeux de Maurice, à cause de la vitesse, car il ne portait pas de lunettes.

Puis, les vacances de Noël arrivèrent et ma sœur, qui conduisait malgré son jeune âge, avec une autorisation spéciale du président de la République, à cause de la guerre, m'amenait à Toulouse dans la Fiat de notre père, immatriculée 1100 XV 2 (j'ai toujours eu la mémoire des chiffres), où nous avions un petit atelier de montage.

Il fallait s'arrêter à l'entrée de la ville, à la Roseraie où il y avait un octroi, je crois qu'on devait montrer ses papiers ou payer un droit, je ne sais plus, mais pour moi, c'était une expédition, une aventure, je rêvais pendant le voyage.

Nous n'avions plus de nouvelles de mon père depuis quelques mois déjà et un soir, nous avons reçu un télégramme de Dover, disant qu'il allait bien, et qu'il était en Angleterre.

Pour moi, c'était bien, mon père était vivant et il allait revenir.

Et il revint, je ne m'en rappelle pas très bien, mais il avait un beau ceinturon, un képi et il parlait beaucoup ; la famille était réunie, j'étais heureux...

Alors vint un temps où nous recevions beaucoup ; ma grand-mère cuisinait tout le jour sur une immense cuisinière, sous une hotte en bois sur un côté de la cuisine, à gauche d'un évier dans le coin ; une grosse table ronde tenait toute la pièce, elle avait de nombreux pieds que je connaissais bien, car, souvent, j'étais sous cette table, je m'y faisais oublier et oh ! scandale ! je regardais sous les robes de ces dames pour percer quelques mystères que ma puberté pulsait et que quelques livres feuilletés à la hâte, dont un gros livre bleu montrant une femme nue, ne m'avaient que médiocrement satisfait.

J'avais vu ma mère se déshabiller, m'étonnant de la grosseur de ses seins tombants chez une si petite femme, elle mesurait un mètre cinquante, mais je m'étonnais toujours d'entendre mon père et ma mère récitant un Ave Maria, tous les soirs, avant de s'endormir : c'était rassurant et tout allait bien.

Ma chambre était minuscule, en étendant les bras, j'en touchais presque les deux parois et je me disais qu'un jour j'y arriverais ; effectivement, quelques années après j'y revins et la première chose que je fis en rentrant dans ce qui fut autrefois ma chambre, a été de me mettre de profil et de toucher les deux murs avec mes bras. J'y arrivai. J'étais grand !

Cette pièce aussi me rappelle un incident qui me fit grandir un peu plus vite que la normale ; une nuit, je fus réveillé par un bruit assourdissant : une explosion, puis une pluie de verre dans mon lit ; je ne m'affolai absolument pas, je savais deux choses, qu'il ne fallait pas que je bouge pour ne pas être taillé par le verre qui me recouvrait et qui était très tranchant, et que nous venions d'être plastiqués : la Résistance était là !

Pourquoi en subissions-nous les conséquences ?

Je ne le sus que plus tard : M. Chabbert, l'ami de mon père, avait des options politiques particulières. En cette période troublée, on plastiquait les gens que l'on n'aimait pas ou qui n'avaient pas le même avis que vous ; mais que l'on s'attaque à mon père était une incongruité comme le trou, en bas à gauche, de la porte d'entrée, et le granit de la première marche entamé et ma sœur qui criait dans la nuit que tous ces gens « n'étaient que des lâches » !

Alors, à mon tour, je voulus faire parler de moi et j'y parvins à ma manière. C'était la guerre, nous avions des tickets de rationnement et il était très difficile de s'approvisionner ; quelques jours plus tard, avec mon ami Loulou Chabbert, le fils de tonton Albert, nous sommes allés place de l'Albenque écrire à la devanture d'une boulangerie, qui ne nous avait rien fait :

« DEMAIN, EXCEPTIONNELLEMENT,
PAIN EN VENTE LIBRE »

Dès six heures, nous étions là, ravis de contempler la queue d'une centaine de Castrais qui se formait, le bouche à oreille aidant, chacun s'était levé à cinq heures du matin afin d'être parmi les premiers bénéficiaires de cette manne.

J'ignorais du haut de mes douze ans qu'il y a des choses à ne pas faire, mais je dois dire que j'étais ravi de peser sur les choses et les gens et d'avoir réussi à déplacer les foules de ma seule autorité.

Je fis d'autres bêtises, bien sûr, je pense d'ailleurs n'avoir fait que cela.

Et mes études dans tout cela ? Elles furent dures à poursuivre, extrêmement dures car, à ce jour, le seul diplôme d'Etat que j'ai en ma possession, c'est le deuxième degré d'entraîneur de football.

Je l'avoue : je suis très fier de ce diplôme.

Il récompense une rencontre qui eut lieu plus tard, beaucoup plus tard, avec une centaine de gosses, car je crois avoir eu quelque influence sur eux.

Ma passion pour le football ne s'est jamais démentie, et c'est grâce à lui que j'ai passé les deux plus belles années de mon adolescence.

Mes parents, avec juste raison, étaient inquiets pour mon avenir : je ne faisais rien en classe, ou pas grand-chose, je ne pensais qu'à jouer au foot !

Alors ils prirent une grande décision :

« Il n'y a qu'à l'envoyer en pension au fin fond du Comminges, à Saint-Gaudens. »

Pourquoi Saint-Gaudens ? je ne sais.

Toujours est-il que je me retrouvais à seize ans en troisième, en pension, mais précédé d'une certaine réputation footballistique à telle enseigne que je suis arrivé au collège de Saint-Gaudens un dimanche après-midi avec ma mère, je fus installé dans mon dortoir entre deux frères, à droite Bernard Fete, à gauche Dominique Fete, dit Mino, dont la qualité première était de jouer au foot à Soueich, village dont je n'avais jamais entendu parler.

Ma mère étant partie à seize heures, Mino m'a aspiré avec grande facilité, à dix-sept heures le club de Soueich comptait un sociétaire de plus.

J'allais vivre deux années exceptionnelles.

Mes parents m'avaient mis pensionnaire pour que je sois à mes études et non pas à m'occuper de football ; j'ai fait exactement le contraire pendant les deux années où je suis resté à Saint-Gaudens.

En ce temps-là, la semaine était coupée par le jeudi. Donc, le jeudi matin à 10 heures, le taxi de M. Andrieu, commandé par le club, était devant le collège et m'amenait à Soueich, à 12 kilomètres de là, j'avais ma place réservée au restaurant d'Aspet ; l'après-midi, entraînement avec M. Lecussan ; retour du taxi à 17 heures ; rentrée au collège à 18 heures. Le samedi à 16 heures, le taxi était à nouveau devant le collège, arrivée à ma chambre, à Aspet, vers 17 heures ; repas, coucher ; le dimanche, s'il y avait déplacement en car après le match, retour en taxi pour 19-20 heures pour le repas du soir au collège.

Pendant toute cette période, je ne suis jamais retourné à Castres, ayant une vie de semi-professionnel organisée, si ce n'est que je n'ai jamais touché d'argent. Mais j'ai bénéficié de conditions de vie exceptionnelles pour un gamin de 16 ans.

Mon père connaissait mes exploits par les journaux sportifs et je n'ai jamais su s'il en était fier ou pas, car il faut dire que j'étais un bon joueur : je suis allé représenter la région au concours du jeune footballeur à Paris, en 1947, et j'ai terminé la compétition 38ᵉ sur 120, ce qui était une bonne moyenne.

J'ai quand même franchi le seuil de la classe de seconde, non sans mal, mais si mes exploits scolaires se situaient dans le plus complet anonymat, mes exploits sportifs, eux, étaient éclatants !

Pas de semaine sans que les journaux sportifs de la région ne relatent les prouesses d'un jeune avant-centre de 17 ans qui se singularisait dans cette équipe de Soueich qui, pour être un village, n'en avait pas moins une équipe rivalisant avec celle du meilleur niveau régional.

Et si mon père n'avait pas de lettres de moi, c'est là qu'il avait de mes nouvelles.

Un jour, avec mon club, je suis même allé jouer à Castres, chez moi, je n'ai pas osé aller rendre visite à mes parents, n'ayant su que leur dire.

Mais je crois que chacun savait que l'autre savait.

Et que dire de mon père qui, le lendemain, lundi, lisant son journal, apprenait que son fils avait marqué un but à l'Etoile Sportive Castraise, club local de Castres, et qu'il n'était pas venu le voir ; moi, je pense qu'il était content, complice et peut-être même fier.

A cette époque aussi, mes parents, pour leurs affaires, ont déménagé leur usine de Castres à Colomiers, dans la banlieue toulousaine où se trouvait leur principale clientèle.

A Colomiers, le club de foot local avait à sa tête M. Julia, dont le cousin était M. Jeannot Lasserre, président du club de Soueich, qui invita son cousin pour la fête du village animée par un grand match avant le bal du soir ; à cette occasion, on fit venir le grand Toulouse Football Club professionnel et avant ce match, il y avait un lever de rideau de juniors où je me produisais : après avoir gagné 6 à 0 devant Saint-Gaudens, match pendant lequel j'avais marqué 3 buts, au moment de me déshabiller en vitesse, sans même passer par le robinet des vestiaires, dans une auge à l'extérieur qui servait de douche à l'ensemble, M. Lecussan vient vers moi :

« Jean, ne te déshabille pas, tu joues en Première, Trioullier, l'avant-centre de l'équipe I, vient de se fouler la cheville à l'échauffement et tu le remplaces ! »

Que dire, sinon : « Banco ! »

Entre parenthèses, j'ai joué les deux matches sans problème. Quand on pense qu'actuellement il faut faire reposer certains joueurs, car ils sont fatigués d'avoir joué le dimanche précédent.

De plus, j'ai même bien joué puisque nous avons perdu 4 à 2 contre cette équipe de Toulouse qui comprenait Frey, les frères Lanfranchi, Hadad... et j'ai eu le privilège de marquer les deux buts au gardien du T.F.C. qui n'était autre que René Vignals, l'international.

Tout cela se passant sous les yeux de M. Julia, président du club de Colomiers dans les tribunes, qui apprend que l'exploit du jour venait d'être réalisé par un jeune habitant de Colomiers, d'où sa mise en chasse instantanée vers ledit jeune homme qui succomba à ses arguments, flatté aussi qu'on s'intéresse à lui et, après un repas pantagruélique à Lavaur, chez Larrieu, je signai une licence pour l'Union Sportive de Colomiers.

M. Julia, qui avait voulu très bien faire les choses, avait commandé des ortolans et avait ramassé dans son assiette toutes les têtes de ces volatiles, les prenant pour des champignons de Paris qu'il adorait. Ce que je ne savais pas ce jour-là, c'est que je venais de signer un bail de 35 ans avec ce club. Et qu'avec M. Julia, notre amitié ne se démentit jamais jusqu'à sa mort, en 1991.

Mes études n'ayant jamais pu être rattrapées, malgré mes mols efforts, mon père m'envoya à Toulouse en apprentissage dans une imprimerie, chez M. Pontnau, rue du Canard, où je passai mon C.A.P. de typographe. C'est vrai, j'ai aussi ce diplôme. Il voyait dans cette technique une certaine complémentarité avec son usine de cartonnage et il a eu raison, cela m'a souvent servi par la suite.

Car je le devinais, j'allais prendre la succession de mon père, c'était logique.

Pour ce faire, mes parents firent le partage de leurs biens entre ma sœur et moi de leur vivant.

Any, ma sœur, reçut les maisons que possédait ma mère, et moi l'usine de cartonnage que mon père avait créée. Bien qu'équitable sur le papier, ainsi que par rapport aux chiffres obtenus, je me sentais favorisé car pour moi c'était concret. J'avais une place, du travail, de l'argent, le risque aussi, mais ma sœur, elle, ne pouvait bénéficier du partage qu'à la mort de nos parents, alors que moi, j'en bénéficiais tout de suite.

Mais Any et moi nous nous entendons fort bien et, depuis 40 ans à ce jour de notre vie d'adulte, jamais cela ne s'est démenti.

Nous avons toujours su pouvoir compter l'un sur l'autre.

Cette vie solitaire fut interrompue pendant une période, non par un sourire de jeune fille mais par l'éclat de rire d'un garçon.

Il s'appelait Yvan, c'était un jeune homme d'une beauté grecque, costaud, blond, les cheveux courts et bouclés, bien dans sa peau, plein d'humour, drôle, nous passions nos journées libres et nos vacances ensemble. Nous étions sur la même longueur d'ondes.

Il était chez lui, à la maison ; j'étais chez moi dans l'appartement voisin où il logeait avec ses parents et son frère Serge.

Mme Siguier, sa mère, m'a toujours considéré comme son fils et notre amitié a éclairé mon adolescence, car il fut mon ami, le seul véritable que j'aie jamais eu. Nous n'avions pas besoin de parler pour savoir que nous étions bien, et nous étions toujours prêts à faire une blague ou une bêtise dans la mesure où nous la faisions ensemble. Et Dieu sait que nous avons fait des bêtises ! Cela fut toujours dans le domaine de l'avouable, du haut de nos dix-huit ans : aller au cinéma en frac et chapeau haut de forme, enlever les sens interdits de la ville de Castres ; mettre du savon dans les fontaines de la ville de telle sorte que la mousse envahisse les rues ; aller dans des surprises-parties où nous n'étions pas invités et nous y faire accepter tout de même ; jouer aux cartes toute une nuit avec des amis, boire un petit verre de Cointreau après chaque levée, soit pour fêter la levée faite, soit pour se réconforter de l'avoir perdue et ne plus se souvenir de rien au-delà d'une trentaine de petits verres : en être évidemment malade et ne plus pouvoir sentir une bouteille de Cointreau sans un certain malaise, même à mon âge, 45 ans après. Voilà le genre de frasques que nous faisions entre 18 et 20 ans, Yvan et moi.

Que dire de nos vacances à Cannes, dans l'appartement d'une de mes tantes qui nous le cédait pour quelques semaines ; Yvan, sur la plage, faisait miroiter ses pectoraux et était souvent enlevé par une donzelle, en général plus âgée que nous, qui, devant pareil Adonis, craquait et l'emmenait avec elle. Il revenait trois jours plus tard, crevé, dormant 24 heures d'un trait et avec, dans sa besace, plein d'histoires croustillantes.

Que dire de nos soirées au Palm-Beach où, malgré notre jeune âge, nous rentrions, une amie connue de lui seul nous faisait mystérieusement pénétrer par des portes dérobées dans cet enfer du jeu où nous ne manquions pas, à force d'imprudences, de nous faire expulser.

Mais nous ne doutions de rien, nous avions 20 ans !

Cette amitié très forte qui nous a unis tous deux ne s'est jamais démentie, a duré toute notre existence, même si nous fûmes séparés par la vie. Cette amitié virile, solide, entière m'a tellement marqué que je n'en ai jamais voulu ou souhaité d'autre.

Je me souviens des lettres que nous nous écrivions : le jeu consistait à faire la phrase la plus longue ; une lettre de 4 pages pouvait ne comporter qu'une seule phrase. Nous essayions, à la manière de Pierre Dac, de raconter une histoire qui n'avait ni queue ni tête, mais qui nous remplissait de joie et nous éclations de rire, chacun de notre côté, à la lecture de la délirante missive.

Que n'ai-je gardé ces lettres sur lesquelles s'étalaient notre jeunesse et notre esprit ! Car ce n'était pas des mots sans suite, notre histoire se tenait très bien, mais peut-être étions-nous les seuls à pouvoir la comprendre.

Aussi loin que je me souvienne, nous ne nous sommes jamais fâchés, jamais « engueulés ». Nous nous sommes, par contre, souvent battus. Il fut toujours le plus fort, mais j'ai néanmoins toujours essayé de le battre ; au milieu de nos empoignades, nous roulions par terre, renversant tout sur notre passage, puis, brusquement, l'un de nous se mettait à raconter une blague et nous éclations de rire et arrêtions là notre combat, ignorant pourquoi il avait commencé.

Nous aiguisions nos armes de jeunes coqs ; la force et l'esprit étaient en pleine communion. Il me fit souvent mal, mais je ne l'aurais jamais avoué, cela aurait été déplacé et lui aurait certainement fait de la peine. Nous n'avions aucun contentieux ; nous avions besoin de montrer notre force, notre virilité ; pour être un homme, il faut se battre, donc nous nous battions comme de jeunes cerfs qui sentent leurs daguets pousser.

Ce fut une période riche, intense où, avec peu d'argent, nous faisions bien des choses.

Mais Yvan a douté deux fois, lorsque, très amoureux d'une amie de notre famille, il ne voulut pas la courtiser car elle était d'un milieu plus aristocratique que le sien. Ce fut une erreur, car je crois que, toute sa vie, il l'aima.

Plus tard, chaque fois que nous nous rencontrions, il me demandait des nouvelles de Gigi. Ce fut, à mon avis, le seul et unique amour de sa vie. Et je l'enviais d'avoir une passion si forte, si grande et que le temps n'a jamais effacée.

Une autre fois, il abandonna son travail car il ne se sentait pas capable, toujours pour les mêmes raisons : ses origines, de gravir les échelons de la Banque de France où il était entré sans problème, en étant reçu, avec facilité, à l'examen de rédacteur. Il abandonna tout, s'engagea dans l'armée, devint parachutiste dans les commandos et fit une éblouissante carrière en étant l'un des plus jeunes généraux de l'armée française.

Il est mort il y a quelques années. Je ne l'ai su que 6 mois après, il avait fait en sorte que je ne sache pas qu'il était malade. Il voulait, je crois, me laisser le souvenir de sa jeunesse triomphante, que ma mémoire a mis de côté avec les grands et beaux souvenirs de ma vie : ceux auxquels on pense en souriant et que l'on n'oublie jamais.

Chapitre V

Maintenant, j'ai 20 ans et le service militaire m'appelle ; avant de partir à l'armée, nous devons passer le conseil de révision, terme archaïque s'il en est, révision de quoi ?

Vision de tout et c'est tout !

A poil, dans la salle « des Illustres » de la mairie de Toulouse, il fallait le faire et je l'ai fait, suis déclaré « bon pour le service » comme 99 % des appelés de cette époque.

Maintenant, tout est différent ! Mais je ne regrette pas ce temps-là, je ne savais pas qu'il allait marquer toute ma vie et la marque encore aujourd'hui : il allait m'arriver de vivre ce que je crois peu d'hommes ont vécu.

J'ai su ce qu'il y avait après la mort.

Je suis incorporé à Auch au Ier hussard parachutiste, colonel de Chizelle. C'est drôle comme on se rappelle certains noms ou certaines choses très précisément.

Je suis arrivé à Auch le 4 mai 1949, ma mère et mon père m'accompagnent, depuis Colomiers une petite heure en voiture.

Après un déjeuner au restaurant, je prends mes quartiers, une semaine après je suis désigné pour suivre le peloton des sous-officiers.

Petite anecdote, mon voisin de lit est Henri Olivan, mon meilleur copain d'enfance à l'école Sainte-Foy ; ensemble, nous faisons le peloton où je me révèle être un des meilleurs tireurs du régiment, chose que j'ignorais avant de tenir un fusil.

Tout se passait normalement sauf qu'étant une unité parachutiste, le côté physique était très poussé : nous faisions un nombre incroyable d'abdominaux ; de nombreuses marches forcées de 15 à 20 kilomètres.

Une nuit, même, j'ai gardé la gare d'Aubiet à 15 kilomètres d'Auch avec un barda fort lourd et notre fusil de parachutiste, un MAS 36 qui avait la particularité d'être petit et repliable avec une crosse métallique ; la garde ne m'intéressant que médiocrement, j'ai dormi confortablement sur un matelas prêt à être expédié.

Je m'en sortais plutôt bien ! Et étais heureux de mon sort !

Puis vint le 9 juin 1949, nous sommes partis faire un exercice de marche et de tir à Pavie, proche bourgade d'Auch. Nous avons passé l'après-midi à crapahuter, monter et descendre ces très beaux vallonnements du Gers, à tirer aussi, chaque homme avait reçu 5 balles à blanc avant l'exercice : balles en bois et carton.

Le soir, vint le rassemblement. Le sergent nous fit mettre en rang, en tant que « grand », j'étais au premier rang, au milieu, avec un gars de chaque côté et il y a eu l'ordre :

« Formez les faisceaux. »

J'ai donc pris mon fusil que j'ai maintenu vertical avec ma poitrine, j'ai pris le fusil de gauche et l'ai engagé dans le pontet, puis celui de droite croyant le mettre aussi dans le pontet, le pose sur la détente... et le coup part, il restait une balle dans le canon que je reçus en pleine poitrine.

La vérification d'armes, obligatoire après chaque exercice, n'avait pas été faite !

Cela a ressemblé à un énorme coup de poing : j'ai été rejeté en arrière, assourdi par l'explosion, ankylosé, meurtri, avec un goût de poudre dans la bouche.

Je n'avais pas mal, j'étais engourdi, assommé, mais très lucide.

J'ai fait un état sommaire de la situation et je me suis dit :

« Tu respires, donc tu vis ; le cœur n'a pas été touché ; tu n'as pas de sang dans la bouche, donc les poumons n'ont pas été atteints ; donc tu t'en sortiras ! »

C'était simpliste comme diagnostic, mais c'est ainsi, j'ai récité un acte de contrition et, rasséréné, je me suis laissé faire.

Mon ami Olivan m'a pris dans ses bras, je sentais que je perdais beaucoup de sang car tout était poisseux, on m'a soulevé, mis dans la jeep du sous-officier de service et l'on m'a amené vers la caserne : le quartier Lannes ; en route, je pensais que je n'aurais pas à rentrer à pied, et c'était une pensée réconfortante.

On m'a emmené à l'infirmerie militaire où le major m'a examiné et voyant la gravité de ma blessure, a décidé de m'envoyer à l'hôpital d'Auch où nous avons attendu longtemps l'arrivée du médecin.

Il a saupoudré ma blessure d'un produit, m'a fait un vague bandage et a déclaré, ce que j'ai parfaitement entendu :

« C'est trop gros pour moi, c'est un soldat, envoyez-le à l'hôpital Larrey à Toulouse ; de toute façon, il n'y arrivera pas vivant ! »

Comme quoi, il ne faut jamais dire à haute voix ce que l'on pense devant un blessé qui semble comateux.

Le temps passait inexorablement, j'avais été blessé à 17 heures, maintenant il était près de 20 heures et je n'avais reçu comme soin que le saupoudrage à l'hôpital !

On a fini par me charger à l'arrière d'une ambulance avec un infirmier qui me tenait et deux personnes à l'avant et nous avons foncé en pleine nuit.

Je dois dire qu'il m'a semblé que nous marchions à une allure folle, tout « pin-pon » déployé lorsque nous traversions un village.

Je n'avais aucune crainte, mais je sentais que je faiblissais, j'avais sommeil, je savais que nous allions passer à Colomiers, ce qui me tenait éveillé ; nous y sommes arrivés, à l'époque c'était un village de la banlieue toulousaine où j'habitais chez mes parents. J'ai voulu que l'ambulance fasse le détour par chez moi. Evidemment personne ne m'a écouté et, à tombeau ouvert, c'est le cas de le dire, nous sommes arrivés à l'hôpital Larrey où nous sommes restés un certain temps sous le porche.

De l'endroit où j'étais je voyais une voûte éclairée, puis on m'a mis sur une civière et nous avons traversé des salles remplies de malades... puis... trou noir.

Pendant ce temps, à l'hôpital, il était 22 heures et on cherchait le chirurgien chef, le colonel Serny qui, ce soir-là, était allé au cinéma avec sa femme ; c'était son droit le plus strict à ce brave homme, que je ne connaissais pas, mais qui allait devenir mon ami.

Si je suis là aujourd'hui pour raconter cette histoire, c'est grâce à l'initiative d'un infirmier, Schelpy ; sachant que le colonel et sa femme étaient au cinéma Gaumont, il est allé à la caisse demander que l'on fasse une annonce pour appeler le docteur ; la caissière a refusé et a dit d'aller voir le directeur qui, interrogé à son tour, a également refusé, alors Schelpy, se saisissant de la lampe de l'ouvreuse a foncé et, rang après rang, a fait la moitié de la salle.

A un moment, intrigué par le manège, le colonel s'est nommé : il était retrouvé.

Au fait, merci M. Schelpy !

J'ai su que le colonel Serny était arrivé à toute vitesse, la salle d'opération était prête, le Dr Poujoula était intervenu en préparant le patient que j'étais ainsi que les instruments nécessaires. Le colonel m'a dit avant de commencer :

« Tu n'es pas brillant, mais aie confiance, je vais t'en sortir ! »

Il m'a mis le masque, j'ai respiré l'éther que, depuis, je ne puis supporter en quelque occasion que ce soit, puis plus rien... le noir, du moins c'est ce que je croyais...

Car, un peu plus tard, il m'est arrivé une chose que j'ai tenue secrète pendant 40 ans et que seul le colonel Serny savait.

Un jour qu'il était près de mon lit, je lui ai posé une question qui l'a laissé pantois !

Je m'excuse de certains détails, mais j'avais un énorme trou dans la poitrine, l'explosion avait fait de gros dégâts : je n'ai qu'un poumon, le diaphragme déchiré, la moitié du foie... et... certains morceaux de foie remontaient par cet orifice, on les enlevait, après avoir ôté la mèche de ma blessure.

Je dis donc au Dr Serny :

« Enfin, docteur, comment se fait-il que j'ai encore des bouts de foie qui remontent, vous avez mal fait votre travail, vous auriez dû le faire quand vous aviez mon foie dans votre main ! »

Le docteur s'est arrêté, interloqué :

« On vous l'a raconté ?

— Non, je l'ai vu ! » lui ai-je répondu.

Intrigué par cette réponse, il venait presque tous les jours, et, quand il n'y avait personne à mon chevet, il me posait des questions et je lui racontais ce qui m'était arrivé :

« Tout était noir, pas un noir comme lorsqu'on ferme les yeux, mais je crois que c'est comme ça que doit voir un aveugle, un noir partout, pourtant, j'avançais dans ce noir qui, petit à petit, prenait la forme d'un tunnel, qui montait ; puis, au-dessus de moi, je vis une étoffe bleue plutôt foncée qui ondulait comme s'il y avait eu du vent. Mais il n'y avait pas de vent, pas de haut, ni de bas, ni de droite, ni de gauche, je montais, puis je LA vis.

« Tout d'abord, je devinais le halo d'une clarté, au fur et à mesure que je m'en approchais, ELLE devenait LUMIÈRE, là-bas, au bout du tunnel, et cette lumière éblouissait comme de nos jours la lumière que l'on voit dans "Rencontre du 3e type", on aurait dit un flash, mais plus puissant, pourtant cette lumière n'éblouissait pas. J'étais heureux de LA voir, infiniment heureux, Elle était partout, J'ÉTAIS DANS LA LUMIÈRE et ma joie était incommensurable, j'étais bien, divinement bien, d'un bonheur que je ne connaissais pas. Puis, brusquement, LA LUMIÈRE s'est éloignée, ou plutôt c'était moi qui reculais, qui redescendais, et mon sentiment de tristesse était infini !

« Après un certain temps, je me retrouvais en haut, sous le plafond dans l'angle d'une pièce que je ne connaissais pas, près du mur. J'ai voulu savoir ce qu'il y avait de l'autre côté du mur, j'y suis allé sans problème, j'ai traversé le mur et me suis

retrouvé à l'extérieur, j'ai vu un parc avec de grands arbres, en dessous, un garage à vélos, puis des bâtiments en pierres et un perron... Je suis rentré à nouveau, toujours en haut contre le plafond, en traversant le mur.

« En regardant en bas, j'ai vu une table d'opération, des gens autour, encagoulés, une jeune femme est tombée évanouie, personne ne s'est occupé d'elle, on l'a poussée.

« Il y avait un corps sur cette table, je ne le voyais pas, sous les champs opératoires, mais je savais que c'était le mien.

« J'ai senti, alors, comment j'étais, je n'avais pas de forme précise, mais je sentais mes doigts, mes pieds, ma tête, tout mon corps était compact, entier, mais je flottais, je me déplaçais dans l'espace.

« Je me sentais bien, mais pas aussi bien qu'en allant vers LA LUMIÈRE.

« Je n'avais pas de consistance, mais tout était moi, alors, j'ai regardé et c'est là que j'ai vu le chirurgien sortir mon foie de la cavité, le prendre dans sa main droite et le retourner sur sa main gauche, tailler très lentement quelque chose que je ne saurai déterminer, examiner longuement mon foie, attendre un moment, puis le remettre dans la cavité.

« C'est à ce moment-là que je me rendis compte que je voyais à 360 degrés, et non à 180 degrés, de loin comme de près, dans l'ensemble comme dans le détail, à l'avant comme à l'arrière, car je pouvais lire ce qui était écrit sous la table d'opération, voir le dos des gens qui m'opéraient, et en même temps voir ce que faisaient leurs mains, je pouvais voir aussi la table sous tous ses angles ainsi que le corps sous les linges.

« Je me suis rendu compte aussi que j'entendais "les gens dans leur tête" avant qu'ils ne parlent et que le son ne sorte de leur bouche.

« Puis, je me suis déplacé, suis sorti de la pièce, toujours au plafond, traversant le mur pour aller dans le couloir, sur le palier, ai constaté qu'il y avait un robinet d'eau et plusieurs

portes, puis je suis revenu dans la salle, petit à petit, je me suis rapproché de ce corps étendu qui était le mien, et je l'ai réintégré, à regret, par le haut du crâne. Je me suis répandu dans tout mon corps, d'une manière douloureuse avec une infinie tristesse et une certaine résignation. »

C'est difficile d'expliquer tout cela, mais en écrivant ces lignes, je me rappelle de tout avec une fabuleuse précision, rien n'a changé et je revis ces instants avec une grande intensité, je suis très heureux d'en parler, comme si c'était il y a cinq minutes, pourtant ces faits se sont produits il y a 43 ans, depuis ces années, mon anniversaire est important, mais pour moi, le 9 juin l'est encore plus, car ce jour-là, en 1949, je suis né.

De ce moment, ma vie a été changée, je pense être différent, les choses ont moins d'importance, je relativise beaucoup plus ; je crois être plus tolérant ; je crois aussi avoir essayé de faire le bien. Je ne sais pas ce qui m'est arrivé, je relate seulement des faits et tout ce que je relate ci-dessus est vrai.

Depuis la réflexion faite au chirurgien, il me posait des questions sur l'opération, la disposition de la salle, les gens présents, je ne me suis jamais trompé, je lui ai même rappelé certaines paroles qu'il avait prononcées sur quelques incidents qui s'étaient passés.

Tout s'est avéré exact.

Evidemment, il était passionné par ce que je lui racontais et nous avions de longues conversations, je crois que toute ma vie durant, il m'a un peu considéré comme son fils très particulier.

Je ne tire aucune conclusion de ce qui m'est arrivé ; j'ai eu de la chance de vivre cela, c'est tout ! Et tout ce que je raconte s'est réellement passé ce soir-là.

Je n'en avais jamais parlé à quiconque, si ce n'est à ma mère, quand je me suis senti un peu mieux, et encore, je ne lui avais pas tout dit, lui signalant seulement qu'au moment de mon opération j'avais été recouvert d'un espèce de voile bleu, ce qui est vrai ; elle a de suite extrapolé, pensant à une intervention de la Vierge et a fait mettre instantanément une plaque de remerciements à la Grotte de Lourdes.

Ma mère était une femme simple, bonne, pieuse, mais je ne me suis jamais senti le courage de lui raconter tout le reste.

Qu'en aurait-elle fait ?

Aussi a-t-il fallu une émission de télévision, vue par ma sœur et qui traitait de ces visions, « proches de la mort », de gens qui avaient vécu ce même genre d'aventure, pour qu'elle m'interroge et que je lui raconte mon odyssée, et ce il y a deux ou trois ans à peine.

A la lumière des réponses que je lui ai faites, j'ai appris qu'un certain nombre de personnes avaient vécu les mêmes événements que moi, quelquefois avec des nuances différentes, ce qui m'a pleinement rassuré, car croire que l'on a pour soi une situation unique n'est pas toujours très confortable à vivre.

Techniquement, mon opération fut une réussite, ce fut une première dans bien des domaines. A cette époque, le foie ne s'opérait pas et je fus un des premiers à l'être grâce à l'utilisation, pour la première fois, du bistouri électrique.

Je fus aussi un des premiers Toulousains à bénéficier de la pénicilline ; en effet, on me faisait une piqûre toutes les trois heures, soit 8 piqûres par jour, et ce n'est qu'après un mois de ce traitement que la fièvre a commencé à baisser.

En effet, j'ai vécu la première semaine d'hospitalisation à 41° de fièvre, en permanence, avec des cauchemars terribles la nuit.

Les premières 48 heures devaient se passer sans boire, mais sachant où se trouvait le point d'eau lors de « ma sortie aérienne », je m'y dirigeais directement, la nuit, il était vraiment là où je l'avais vu, et je bus goulûment au robinet pour étancher cette soif insupportable.

Ce même soir, un prêtre, commandé par je ne sais qui et réquisitionné à la hâte, m'avait administré l'extrême-onction, mon état étant considéré comme des plus critiques.

Le troisième jour fut tentée l'épreuve de vérité, le Dr Serny, en grande pompe, m'a apporté un bol de café au lait, il devait déclencher chez moi une crise de foie et ainsi remettre en marche la machine ; j'ai été étonné d'une telle solennité pour un bol de café au lait, mais je n'ai su qu'après qu'il tentait une expérience, contre toutes les règles en vigueur à l'époque qui recommandaient surtout de ne pas boire de café au lait pour une personne atteinte d'une affection du foie.

A part une jaunisse dûment provoquée, tout se passa bien.

Autre temps fort, huit jours plus tard, le chirurgien m'enleva la mèche qui bourrait le trou de ma poitrine ; c'était un matin, très tôt, le Dr Serny est venu avec une infirmière et, après avoir ôté mes bandages qui étaient tout mouillés, car la bile s'écoulait librement à l'extérieur, il a commencé à retirer des mètres de mèche qui compressaient ma blessure, et s'il le faisait rapidement au début en enlevant une quantité incroyable de cette étoffe ressemblant à une bande velpeau, il ralentissait de plus en plus alors qu'il arrivait vers le fond de la plaie ; je revois le Dr Serny suant à grosses gouttes, enlevant le drain, millimètre par millimètre et l'entendant pousser un « ouf » de soulagement quand tout fut enlevé. Il craignait une hémorragie à ce moment-là et n'aurait rien pu faire pour l'enrayer.

Après s'être repris, il s'est tourné vers moi et m'a dit :

« Tu sais que tu vas t'en sortir !

— Mais je l'ai toujours su ! » lui ai-je répondu.

Le temps se passait maintenant fort bien ; la fièvre baissait régulièrement, je me sentais mieux, et je participais au gag de l'hôpital qui consistait à envoyer toute nouvelle infirmière rentrant dans le service, refaire mon pansement, ce qui était le critère de bonne tenue, car deux ou trois sont tombées dans les pommes, ce qui laissait à penser que ce ne devait pas être beau à voir !

Je me remettais aussi à cause des petits plats que m'apportait ma mère car je bénéficiais d'une cuisine particulière venant de l'extérieur ; une famille amie, directrice d'une école voisine, hébergeait ma famille, repliée chez elle et, pour me distraire, mes amis défilaient ; le jeu consistait à donner des notes à ceux qui tenaient le coup devant la tête de moribond que je devais avoir, ayant maigri de 30 kilos en quelques jours ; un seul est tombé dans les pommes, mon ami Roger Belou, les autres ont tenu vaillamment le choc, certains abrégeant leur visite plus que la bienséance aurait permis de le faire.

Le moral était revenu et c'était là l'essentiel.

J'avais réintégré le clan des vivants.

Mais que de questions m'a posées cette aventure bien particulière, car la vie, après ça, a eu pour moi une tout autre signification. A l'heure où j'écris ces lignes, je suis toujours dans mon supplément de vie ; je ne devrais pas y être, j'aurais dû mourir, tout le monde était prêt à cette éventualité ; mes parents avaient même été prévenus de mon décès ; tout était en place. Mais la seule explication que j'aie jamais trouvée, c'est d'abord que ce n'était pas le moment et qu'ensuite, je n'en étais peut-être pas digne.

Alors, j'ai ébauché une théorie : elle m'est propre, bien évidemment, et j'avoue que mes convictions ont changé à la suite de ce qui m'est arrivé.

La durée de notre temps sur terre est programmée dès notre naissance et quoi que nous fassions, nous ne vivrons pas une seconde de plus. Donc, il faut avoir une grande confiance en l'avenir ; ne pas avoir peur de demain, nous ne changerons rien à ce qui est déjà établi pour nous. Que nous craignions la souffrance, c'est légitime, et je crois que la médecine est tout à fait apte à nous aider. Mais quoi que nous fassions, la mort est au bout du chemin, alors, faisons en sorte que notre vie soit faite de tendresse, d'affection, de disponibilité et surtout de justice et d'amour.

Nous n'avons qu'un court moment à passer sur cette terre, alors, faisons en sorte que les gens soient heureux autour de nous. Si nous y contribuons un tant soit peu, ce ne sera déjà pas si mal.

Ensuite, ma théorie est qu'il faut se montrer digne d'entrer dans la Lumière, celle que j'ai eu la chance de voir ; pour y entrer, il faut être « pur ».

Je pense que le purgatoire est une vue de l'esprit des religions et que le purgatoire c'est notre vie sur la terre : cette « vallée de larmes » de la catéchèse. Donc, seul entre dans la Lumière celui qui le mérite, d'où plusieurs tentatives, car c'est long d'être parfait ; d'où plusieurs vies, mais une seule âme, un seul esprit.

Je crois en ùn Dieu de bonté, je pense que, s'il y a des gens qui souffrent, c'est que leur purgatoire sur terre s'accomplit. Qu'a fait le petit Somalien mourant de faim ? Rien, bien sûr, il n'est que souffrance et meurt après deux ou trois mois de cauchemar. C'est totalement injuste, révoltant. Dieu ne peut permettre cela ; sauf dans un cas : si une âme quelconque pour pénétrer dans la Lumière doit souffrir pour se purifier et s'étant réincarnée dans ce petit enfant, accède enfin à la paix définitive.

Cela explique bien des choses.

Mais peut-on croire à une âme unique dans plusieurs corps et donc plusieurs vies ? Moi, j'y crois.

Cela peut expliquer aussi la sensation de « déjà vu » qu'éprouvent certaines personnes ; exemple dans ma famille : ma mère n'avait jamais quitté son Languedoc natal. Un jour, accompagnant mon père en voyage d'affaires en Alsace, elle sort de la gare de Colmar où elle arrivait pour la première fois de sa vie, reconnut instantanément les abords de la gare, savait le nom des rues, l'itinéraire pour aller à la cathédrale, l'emplacement d'une pharmacie... et... servit de guide à mon père effaré.

Quelles explications doit-on donner à cela ? La mienne est aussi valable qu'une autre.

Moi-même, à l'âge de 12 ou 13 ans, je faisais du scoutisme, et la troupe de Castres est allée camper à Oradour-sur-Veyres, proche de l'Oradour-sur-Glane de triste renommée, et, à ma grande stupéfaction, en descendant du train de Limoges, je fus stupéfait de connaître à fond toute la campagne aux alentours ; pourtant, c'était la première fois que je venais dans cette région.

Je savais que derrière la colline il y avait un pont enjambant un ruisseau, avec une très jolie vue sur une vallée.

Tout s'est révélé exact une fois que j'ai été arrivé : à droite, il y avait bien une église et, au fond, une montagne.

Tout existait vraiment. Je n'avais aucune explication à donner. Mais peut-être avais-je connu cette région dans une vie antérieure ? Pourquoi pas ? Mon âme, mon esprit est toujours le même puisqu'il se souvenait.

Nous ne connaissons que peu de choses sur l'homme, son esprit et, je crois, encore moins sur Dieu ou sur l'Etre, ou sur la Force, ou sur la Lumière qui est au-dessus de nous. Ça, par contre, j'y crois profondément, j'ai de la chance, moi, je L'ai vue.

Petite parenthèse également, pour moi, les guerres de religion sont un véritable folklore ! La Force qui est au-dessus de nous est unique et le Dieu qui nous gère est le même.

L'islam, le bouddhisme, le christianisme ont-ils chacun un dieu particulier ou est-ce le même ?

Personnellement, je pense qu'il n'y en a qu'un et seuls les cultures différentes, les géographies différentes, les climats différents font que les hommes initiés ont mis Dieu à leur sauce à eux pour la compréhension de leurs fidèles.

Chapitre VI

Maintenant, je suis en convalescence, bien qu'étant toujours à l'hôpital pour quelque temps encore.

Pour me distraire, on battit le rappel de mes amies féminines ; mes parents voyaient d'un assez mauvais œil la relation que j'avais avec une demoiselle de Colomiers : Josy Giraud, dont la particularité était d'être musicienne et de se destiner à devenir chef d'orchestre, métier qu'elle exerça quelque temps avant de finir dans les Ordres. J'ose espérer ne pas être responsable de cette décision, qu'elle ne s'est pas lancée dans la vie religieuse par dépit mais qu'elle l'a fait par vocation.

Souvent, je pense à elle et me demande ce qu'elle devient.

Arrivant à mon chevet, ma mère avait donc trouvé Josy près de moi, elle avait appris mon accident par la poste de Colomiers, recevant un télégramme pour mes parents leur annonçant mon décès et ma présence à l'hôpital Larrey ; celui-ci émanait du régiment d'Auch, qui ne pensait absolument pas que je puisse m'en sortir. L'amie postière de Josy lui avait transmis la nouvelle et elle était arrivée immédiatement, avant même que mes parents en soient informés et puissent réagir. Cela ne plut pas à ma mère qui fit tout ce qu'elle put par la suite pour me détacher d'elle, faisant en sorte que j'aie toujours autour de moi plusieurs jouvencelles et, ma faiblesse aidant, « loin des yeux, loin du cœur », je sympathisais particulièrement avec l'une d'entre elles, une amie d'enfance qui entrait beaucoup mieux dans les visées maternelles.

Un petit flirt étant entamé, j'eus la surprise d'apprendre à quelques mois de là que je me mariais tel jour, à telle heure : les deux familles s'étaient mises d'accord à notre insu ; cela existait encore en 1950, mais je dois dire que la faute m'en incombe d'abord, car si la fille était jolie, ce qui me flattait, la mère était ravie d'en caser une, étant veuve et ayant eu quatre enfants à élever seule ; elle était soulagée, ayant encore deux filles à marier et un fils à soutenir.

Moi aussi, je suis fautif, car je n'avais qu'à dire « non ! ». Or, je n'ai même pas dit « oui ! », c'est pire, je n'ai rien dit du tout !

J'ai laissé faire et on m'a marié le 4 juillet 1951.

J'épousai donc Monique dans un château bourguignon ; ma femme étant apparentée à la bourgeoisie vinicole locale, grand tralala, grands flonflons, il faisait beau, j'ai balancé la mariée sur une escarpolette, tout était réglé et bien réglé ; je n'ai eu que la peine de dire « oui ! » et si, dans l'immédiat, j'étais grisé de ce qui se passait, cinq ans plus tard j'allais déchanter, ce qui était couru d'avance.

Pour mon travail, j'étais associé dans une affaire de cartonnage de boîtes pâtissières avec M. Bezaudun, gentilhomme landais, propriétaire de quelques hectares de pins qui, lors de l'immense incendie des Landes de 1954, eut 10 % de sa propriété brûlée et reçut, en dédommagement, un peu plus d'un milliard de centimes.

Cet homme, immensément riche, me payait comme un ouvrier, spécialisé certes, puisque je m'occupais de l'impression des boîtes et de leur vente, passant mes matinées sur la route et mes après-midi à l'atelier.

Le soir, il aurait souhaité que je m'intéresse à la comptabilité de la société ; cela ne pouvait durer éternellement ! Effectivement, trois ans plus tard, nous nous séparions ; mais j'avais beaucoup appris, j'avais, en particulier, découvert la vente, domaine où je me sentais très à l'aise. Il est vrai que je contactais presque uniquement des femmes lors de mes tournées, et qu'elles disaient n'être pas insensibles à mon charme !

Au sujet des femmes, je n'en ai pas encore parlé. Je ne sais si je dois, si je peux, si je le souhaite, mais pourtant, je crois qu'il faut que je raconte, bien que cela ne soit pas si simple.

Si la première a été Josette, dont le père, syndicaliste de Castres, inquiétait mon propre père, petit industriel, car il craignait une certaine dérive intellectuelle pour le « petit » que j'étais ; donc, si j'indique la première, il faudra que je parle de la seconde, puis de la troisième, cela fait ou litanie, ou tableau de chasse... je ne veux me le permettre.

Je pense que si j'avais été heureux lors de mes deux mariages officiels, je n'aurais certainement pas cherché ailleurs ! Les choses étant ce qu'elles sont, j'ai dû m'adapter et j'ai connu d'autres femmes.

Je peux dire qu'il y en a eu beaucoup, qu'elles ont toutes eu une part dans mon accomplissement d'homme, que chacune doit être dans mon cœur pour ce qu'elle m'a donné. Je ne sais si j'ai donné autant que j'ai reçu, mais je crois n'avoir fait que le minimum de mal en les quittant ou lorsqu'elles m'ont quitté !

Cependant, il y a eu une évolution dans mon rapport avec les femmes. De 20 à 40 ans, j'en ai eu beaucoup, quelquefois plusieurs en même temps ; de 40 à 50 ans, il n'y en a jamais eu que deux à la fois ; et depuis 50 ans, il n'y a jamais eu qu'une dame.

Peut-être que le respect vient avec l'âge ; d'aucuns diront que c'est la vigueur qui s'en va avec l'accumulation des ans, c'est assez le contraire pour moi : la qualité de la relation prime avant tout. Je dois dire qu'à 60 ans, je suis amoureux comme on peut l'être à 30, avec force, mais en plus, vu l'âge, l'arrivée de la tendresse, de la patience, de la tolérance, et surtout dans le désir de combler l'autre, son propre plaisir est décuplé si l'autre est heureux. En définitive, le but principal est de faire en sorte que l'autre soit pleinement heureux, alors, quel pied on prend !

Mais que la relation amoureuse est fragile : il faut aller au-devant du désir de l'autre, il faut être toujours prêt : à partir, à changer, à oublier, à se modifier, à se transformer pour l'autre et, à ce moment-là, vous serez toujours gagnant.

Il faut se remettre en question chaque jour, être toujours différent, étonner, surprendre, toujours savoir ce qu'elle apprécie le plus, savoir que chez la femme c'est ce qu'il y a avant l'acte sexuel qui est le plus important, et ce qu'il y a après.

Les femmes n'aiment que les gagnants, mais aussi les tendres, les prévenants, je sais que c'est difficile, oh ! combien ! parce que chaque femme est différente, chaque personnalité est cachée, et qu'il faut du temps et de la persévérance pour la découvrir, mais, avant toute chose, il faut la faire rire, car une femme que l'on a fait rire est à moitié dans votre lit !

Vous allez dire : « C'est très bien, mais toi, est-ce qu'il y a des femmes qui t'ont marqué ?

— Je réponds, sans conteste : Oui ! Trois ! »

La première s'appelait Josette, la seconde Françoise, la dernière Sophie, j'ai aimé la première dix ans, la deuxième dix ans, la troisième ? je l'ai rencontrée il y a quatre ans, je l'aime toujours, ce sont les trois femmes de ma vie. J'ai eu beaucoup de chance, je le reconnais.

Vous n'allez pas me croire, et pourtant je n'ai jamais couru après les femmes. Je n'étais pas un dragueur, je ne suis jamais allé de ma vie dans une boîte de nuit, je n'ai jamais fait de proposition malhonnête à aucune, car je suis d'un naturel extrêmement timide ; je dois dire que chaque fois qu'une femme m'a vraiment plu, que je la trouvais formidable, sensationnelle... et caetera, en un mot que j'étais tombé amoureux, je me disais, « celle-là, je la veux ! » Je l'ai toujours eue.

J'y mettais quelquefois beaucoup de temps, une seule fois ce fut le coup de foudre !

Souvent, les premiers contacts ont été froids, guindés, mais la curiosité était piquée et alors que d'habitude, si elle ne me plaisait pas, je m'en allais, là, je sentais qu'il fallait que je la revoie ; puis vient le moment où je ne pense qu'à elle, alors là, je suis capable de folies, il m'est arrivé de faire 700 kilomètres en voiture pour un baiser ! Mais quel souvenir ! Il y a de cela trente ans, c'est comme si c'était hier !

La qualité du moment, il n'y a que cela qui compte. Je pourrais avoir la pudeur d'occulter certains détails et de ne pas dire toute la vérité, mais je ne suis qu'un homme qui, dans ces quelques lignes, ne dit que ce qui est vrai, mais qui a toujours eu le culte de l'amour et de la vie.

Pourtant, je n'aime pas les femmes, du moins l'image qu'elles donnent d'elles-mêmes. Cette soif d'être à la mode, coûte que coûte, d'être maigre à tout prix, ce n'est pas ce que je crois être le plus valorisant pour elles.

Où est la séduction dans tout cela ?

Ce devrait être la qualité première de la femme, en plus de la générosité, du don de soi, de la disponibilité. Ce n'est pas toujours le cas de nos jours avec une uniformité de vêtements, sans formes, sans attrait ; où est la pensée de Coco Chanel qui disait d'une femme qu'« elle doit partir le matin, habillée comme si, dans la journée, elle allait rencontrer l'homme de sa vie ! »

Chacun mène sa barque comme il l'entend et vit le résultat de ses décisions.

De mon mariage avec Monique, la seule chose vraiment positive fut la naissance de mes enfants.

Le 5 avril 1952 naquit Charles, soit neuf mois et un jour après notre union, ce qui est un vrai coup de chance, les règles du « qu'en-dira-t-on » étant respectées, ce qui, dans la famille de mon épouse, constitue la qualité première que l'on demande à un individu.

En 1953, naissance de Catherine à la maternité de Dijon, Monique, ma femme, m'ayant reproché de ne pas avoir été là lors de la naissance de Charles, alors qu'après quatorze heures d'attente, je m'étais assoupi, ma sœur, présente, m'ayant laissé dormir, d'autant que nous étions dans une maternité, que je n'étais d'aucun secours, et... qu'il était cinq heures du matin... Mais le reproche avait porté : je pensais qu'il était justifié, ma place étant d'être présent. Aussi, pour la naissance de Catherine, j'étais là et vis apparaître la tête, puis le corps de ce petit être qui allait me donner bien des soucis.

En 1954, naissance des jumeaux, toujours à la maternité de Dijon, soit quatre enfants en deux ans, c'était de la folie, de l'inconscience ! Mais étais-je préparé pour affronter le problème ? Mes parents, ou ceux de ma femme, n'avaient-ils pas aussi une part de responsabilité ? Je savais comment les enfants se faisaient, ma femme aussi... mais c'est tout. Pas question de parler avec ma famille de problèmes de contraception ; ni mon père ni ma mère ne m'ont parlé de ce sujet : il était « tabou » et dans la famille de ma femme il était « incongru ».

Nous étions en 1950 et loin de l'I.V.G. de 1990.

Avec le recul, je ne regrette pas d'avoir eu chacun de mes enfants, car tous font partie de Monique et de moi, chacun a fait sa vie à sa manière, si nous ne sommes qu'un maillon de la chaîne, je suis heureux d'avoir contribué à l'éclosion de ces vies, même si ce ne fut pas drôle d'être père de quatre enfants à 22 ans et pour ma femme mère de quatre enfants à 20 ans.

Je puis reprocher quantité de choses à mon épouse d'alors, je ne reprocherai jamais rien à la mère de mes enfants ; elle eut un travail considérable, qu'elle fit superbement, mais ne voulant plus d'enfant, ce que je comprends, la seule méthode que nous avons trouvée, c'est de nous tourner le dos et nos rapports commencèrent à se détériorer... Au fil des ans ils ne firent qu'empirer.

Malgré cet état de fait, lors de vacances à Lloret del Mar, sur la Costa Brava, notre cinquième enfant, Vincent, fut conçu. Il naquit le 17 juin 1958 et ce fut différent avec lui : il devint le « petit roi » et, avec lui, j'ai pu m'exprimer en tant que père, beaucoup plus avec lui qu'avec les autres, et je crois avoir contribué, pour ma part, à ce qu'il soit bien dans sa peau.

Malheureusement, il ne vécut que 24 ans et se tua en voiture, un soir, en rentrant de son travail, près de Martres-Tolosane. Aller découvrir le corps de son fils, mort, est une épreuve que je ne souhaite à personne.

J'ai vécu presque 20 ans avec Monique et, ce qui est navrant, il ne me reste rien de cette période. Elle ne fut pas ma maîtresse, ni ma confidente ni mon amie ; elle fut l'épouse du P.D.G. que j'étais alors. Dès que je ne fus plus le directeur, elle me vira. Car, pour son standing, elle pouvait être à côté ou subir un directeur de société, mais elle ne pouvait en aucun cas être la femme d'un représentant.

Donc, un soir, dans notre villa de Colomiers, en rentrant de l'usine, je me suis trouvé devant une réunion familiale bien orchestrée, comprenant Monique, ma femme, et tous les enfants âgés de 18 ans, ou plutôt devant un tribunal où ma fille Catherine dirigeait les débats ; on me pria gentiment de bien vouloir partir ailleurs afin de rendre l'atmosphère plus respirable ; loin de ma présence, la quiétude reviendrait.

Dans son immense mansuétude, le tribunal me laissait jusqu'à la fin du mois pour m'exécuter.

Une fois la stupeur passée, et ne voulant ni éclats ni paroles définitives, je suis parti séance tenante, emportant mes affaires de toilette et 2 ou 3 costumes. J'eus la bonne surprise de voir Charles, mon fils aîné, décider de partir avec moi afin que je ne sois pas seul. Et, tous les deux, nous partîmes, sans trop savoir où aller, mais j'avais avec moi une impression d'immense soulagement.

L'inévitable s'était produit, mais la manière dont j'ai été « viré » m'est toujours restée en travers de la gorge.

En 1953, après l'expérience malheureuse d'association avec M. Bezaudun, mon père me prit dans son usine de cartonnage à Colomiers où j'ai commencé comme chauffeur-livreur, puis manutentionnaire, enfin en poste à une machine ; ainsi, j'ai connu tous les rouages de la fabrication et pénétrais de plain-pied dans le monde ouvrier, cela devait me servir formidablement plus tard.

Lorsque je dirigeais la société, je connaissais les temps de travail, les postes fatigants, et j'ai toujours essayé de les améliorer ; je crois avoir été un patron social, créant des comités d'entreprise avant l'heure avec des réunions du personnel hebdomadaires où les responsables pouvaient me dire ce qui convenait et ce qui n'allait pas.

Les salaires étaient toujours étudiés en fonction de la production et de la qualité du travail ; les résultats de la société, que tout le monde connaissait, servaient à calculer les augmentations.

Tous les ans, le compte d'exploitation et les résultats de l'entreprise étaient mis au grand jour, c'est probablement la raison pour laquelle je n'ai jamais fait de gros bénéfices dans la société que je dirigeais, mais le personnel était payé 10 à 15 % de plus que les conventions collectives et mon salaire était à peu près le double de celui d'un ouvrier moyen ; je ne me suis jamais enrichi, mais je crois que le personnel était heureux de travailler pour moi, ou pour nous devrais-je dire. Il y avait un souffle, un esprit particulier, un esprit maison.

Ce n'est pas du paternalisme, je n'ai jamais décidé pour eux, nous avons décidé ensemble des grandes options de la société. Pour moi, il était plus important que les membres de mon entreprise se sentent bien à l'intérieur de l'usine que le fait de gagner beaucoup d'argent, il n'empêche que si cette théorie ne m'a pas rendu riche, nous sommes tout de même devenus le premier producteur d'emballages de fruits français en ondulé léger ; je dois dire également que mes idées ont été payantes en mai 68.

Pendant ces grandes grèves, mon usine, implantée dans une zone industrielle de la banlieue ouest de Toulouse, à Colomiers, s'est retrouvée la seule à fonctionner au milieu de toutes les autres, fermées, ce qui posa problème à mon personnel : lors d'une réunion, il décida de continuer à travailler :

« On ne pouvait faire ça à M. Morzelle, on n'avait qu'à attendre et on verrait bien. »

Mais les ouvriers arrivant tous les jours sous les quolibets des grévistes voisins qui nous entouraient... la nouvelle de notre activité est arrivée aux oreilles de la C.G.T. toulousaine, qui a dépêché une escouade musclée qui a envahi l'usine.

Instantanément, les responsables de la société se sont mis autour de moi pour me protéger, ne sachant ce qui allait advenir. J'ai exigé que l'on discute dehors et tout ce joli monde s'est retrouvé à l'extérieur, où on entama des discussions sur la fermeture de l'usine.

Le seul argument définitif pour la fermeture de la part de la C.G.T. était que le carton et le papier, nos matières premières, étaient hautement inflammables et qu'il serait prudent d'obtempérer, ce qui fut fait.

L'usine était gardée par les ouvriers qui se relayaient nuit et jour, je prenais mon tour de garde comme les autres, au grand dam des cégétistes, installés dans un des bureaux de l'usine, afin d'essayer de créer un syndicat, les ouvriers n'ayant jamais éprouvé le besoin d'en avoir un.

Après de nombreuses heures de discussions, il fut décidé d'instaurer un cahier de revendications. Chacun pouvait indiquer ce qui ne lui convenait pas à l'intérieur de l'entreprise. Après huit jours de discussions âpres et soutenues, il fut écrit : « En été, il fait trop chaud ; en hiver, il ne fait pas assez chaud pour travailler dans l'usine. » Tout le reste étant O.K. !

Un syndicat fut créé dont le premier représentant élu vint me prévenir, sous l'impulsion des gens de la C.G.T., qu'il exigeait de siéger lors de nos réunions hebdomadaires, ce que j'acceptai.

Le drôle de l'histoire c'est que ce garçon avait omis de dire que, depuis des années, il assistait aux dites réunions... Chose qui fut annoncée devant tout l'aréopage réuni dans mon bureau, sans le moindre sourire, mais avec quelle complicité !

Des moments comme celui-là vous récompensent de tous les efforts fournis et surtout vous donnent l'immense satisfaction de vous dire que vous ne vous êtes pas trompé !

Je suis devenu le P.-D.G. de la société d'une manière bien particulière : mon père, qui l'avait créée, la dirigeait depuis son origine ; petit à petit, il me mit au courant : je travaillais dans l'atelier, mais quand il y avait un fournisseur, ou un client, qui venait nous voir, il me demandait de venir dans son bureau pour que je fasse sa connaissance ; au fur et à mesure, je découvrais les tenants et les aboutissants de la société ; le soir, la journée finie, mon père et moi restions ensemble et il m'expliquait ce qu'il faisait, il me consultait de plus en plus sur les décisions importantes qu'il fallait prendre.

Il m'amenait également chez les divers banquiers ; au cours de nos discussions qui tournaient quelquefois à l'orage, son avis prévalait toujours, souvent mes arguments étaient balayés, ce qui m'agaçait un peu, mais la différence de génération étant là nous ne pouvions voir les choses de la même façon.

Un jour, je ne me rappelle plus à quel sujet, la suggestion que j'avais proposée était meilleure que celle qu'il préconisait, il le reconnut, m'en félicita et rentra chez lui.

Le lendemain, il me convoqua dans son bureau et me dit :

« Suite à notre conversation d'hier, tu as eu raison, aussi, j'ai décidé de passer la main. »

Il m'amena séance tenante chez son banquier pour que j'aie la signature de la société et, en 48 heures, il quittait les affaires, charge à moi de continuer à lui verser son salaire !

A partir de ce moment-là, il n'est plus jamais intervenu : la passation des pouvoirs s'était faite en quelques heures, j'avais 30 ans, la responsabilité d'une usine de 20 personnes, une femme et cinq enfants car, l'année précédente, notre cinquième enfant, Vincent, était arrivé et je me suis trouvé du jour au lendemain à faire face à tous ces problèmes.

Quand je pense que certains patrons s'accrochent à leur fauteuil directorial, mon père, du jour où j'ai eu raison par rapport à une de ses décisions, est parti séance tenante. Il faut le faire ! Et je lui tire un grand coup de chapeau, qu'il en soit remercié.

Ce n'est peut-être pas mettre le pied à l'étrier, c'est jeter quelqu'un à l'eau pour lui apprendre à nager, il a eu raison, j'avais un défi à relever, je me suis mis à la tâche avec enthousiasme, secondé que j'étais par la collaboratrice de mon père : Mme Rasson ; tous les deux, nous avons vécu une aventure assez sensationnelle : nous avons démarré une société avec 20 personnes et, quand je l'ai quittée en 1981, soit 20 ans plus tard, nous étions la première société de France d'emballages légers pour fruits, nous travaillions jour et nuit et j'étais à la tête de 135 personnes.

Nous avions fait ensemble un sacré bout de chemin, et je dois dire que sans l'aide de Mme Rasson qui m'a toujours soutenu, je n'y serais peut-être jamais arrivé.

Vous voyez bien que je trouve les femmes formidables !

Lorsque mon père s'est retiré et que je me suis trouvé à la tête de la petite entreprise, j'ai senti que le salut viendrait de la vente.

C'est le client qui fait vivre une société ; je me suis réservé ce secteur qui me permettait de bouger un peu et de ne pas rester derrière mon bureau : les tâches administratives ne m'ont jamais passionné ; la lecture d'un bilan ou d'un compte d'exploitation, pour indispensable qu'elle soit, n'est pas mon livre de chevet, mais je crois avoir su organiser les ventes et la production.

J'ai très rapidement mis au mur de mon bureau un planning montrant la charge de travail par jour, puis par semaine, enfin par mois.

Lorsque les commandes arrivèrent de plus en plus nombreuses, les dates de livraison étant connues, chacun pouvait planifier les dates de fabrication.

Un client râlera un peu si vous lui demandez 15 jours de délai de livraison, la commande arrivée au jour dit, tout sera oublié.

Par contre, il ne vous pardonnera pas un retard de 48 heures. Si vous livrez à la date que vous lui avez confirmée, il vous restera fidèle, même si la concurrence est plus séduisante : il sait qu'il peut compter sur vous.

Le dernier poste que j'ai occupé après la vente de ma société était celui de délégué commercial, nom ronflant du représentant pour la Société S.O.L.E.C.O. de Saint-Junien, dans la Haute-Vienne. Cette société fabrique des emballages de luxe ainsi que des emballages ordinaires en carton ondulé.

Elle avait, et a encore, une superorganisation de vente avec un chef des ventes très jeune, M. Moreau, qui savait organiser et dynamiser ses vendeurs au maximum et son président, M. de Peretti, avait compris que la vente est le problème n° 1 de toute entreprise.

J'ai beaucoup appris au contact des cadres de cette société qui est l'une des plus performantes de France et cela m'a conforté dans les principes de vente qui étaient les miens.

Le plus important pour un industriel est le produit qu'il fabrique, l'emballage n'est que ce que l'on met autour et que l'on commande au dernier moment. C'est dans cette optique que je me suis toujours attaché à aller chez les clients que je connaissais presque tous : il est, en effet, très important de pouvoir mettre un visage sur une voix entendue au téléphone.

Il faut surtout connaître le dérivatif, le hobby du client : politique, sport, famille, violon d'Ingres... si vous lui en parlez, une relation différente s'établit, autre que celle de client à fournisseur, il existe quelque chose en plus et ce plus constitue un barrage contre la concurrence.

Ne jamais oublier aussi que ce n'est pas vous qui vendez, mais c'est le client qui achète. Etre toujours à l'heure, plutôt un peu en avance ; si le client est en retard, il est en situation d'infériorité, si vous savez vous y prendre, vous obtiendrez votre commande, neuf fois sur dix, lors d'un retard de l'acheteur.

La vente est un jeu ou plutôt une joute où il faut respecter et se faire respecter ; vendre moins cher est à la portée de n'importe qui, refuser de baisser un prix est une prime à la qualité, à la fiabilité de la société que vous représentez, au respect du délai que vous donnez, au service que vous offrez, jamais à la qualité moindre ; laissez cela à ceux qui vendent moins cher. Sur le moment, vous n'aurez pas le marché, mais vous partirez avec le respect de l'acheteur et il se souviendra de vous : vous aurez déjà mis un pied dans la place, un jour, tôt ou tard, cela paiera, vous deviendrez son fournisseur.

Dans les grandes sociétés, les vendeurs ont des quotas à atteindre, il semble difficile de suivre ces préceptes, pourtant ce sont ces principes qui font l'assise d'une clientèle fidèle.

Il faut aussi connaître ce que l'on vend à fond : en face de vous, vous avez un technicien, vos concurrents l'ont éduqué, croyant s'attacher un acheteur en le formant ; c'est un principe dangereux, car il peut se retourner contre vous.

Si l'acheteur en sait autant que vous, mieux vaut revenir au principe premier : être à l'heure, lui parler football, le faire s'évader de votre présence pour qu'inconsciemment l'annonce de votre visite soit une bouffée d'air pur ou un sourire.

Savoir écouter est un grand principe de vente et surtout se souvenir de ce que l'acheteur a dit ; prendre des notes à l'occasion, il sera flatté.

La psychologie de la vente est la même pour vendre n'importe quoi, dans le domaine industriel, les grands principes demeurent : c'est toujours le client qui achète et ce que vous vendez est le meilleur produit : il faut croire en ce que l'on vend et la société que vous représentez est le « nec plus ultra » ; elle est à la pointe de l'innovation ; il faut jeter le doute dans l'esprit de l'acheteur pour le produit qu'il achète et qu'il utilise, mais le doute doit venir de lui, jamais de vous.

Ne pas critiquer un concurrent, si vous le faites, vous vous coulez dans l'esprit de l'acheteur car vous le prenez pour un nul d'avoir acheté ce qu'il utilise. Il faut dire que ce qu'il a est très bon, qu'il a bien fait ; mais laisser supposer néanmoins que vous êtes meilleur et que vous lui apporterez un plus et c'est ce « plus » qui doit être indéfinissable ; c'est sur ce point qu'il faut faire porter tout votre savoir-faire : « Vous allez lui donner ce qu'il n'a pas ! » C'est là où se situe la réussite, ou l'échec, de votre démarche.

Si vous savez écouter, l'acheteur lui-même vous dira ce qui lui manque ou le défaut de son fournisseur actuel ; mettez ces arguments de côté pour les servir le moment venu, sans y toucher, vous les servirez au moment de partir ou au moment où le client s'y attend le moins afin que votre réflexion ait l'impact maximum, il en sera surpris.

Ne jamais vouloir faire une affaire à tout prix, une affaire vite faite est une affaire surfaite qui n'aura jamais de lendemain.

Expérience personnelle : je suis allé pendant deux ans, tous les deux mois, chez l'acheteur des caves de Roquefort, uniquement pour lui parler, le connaître, lui dire que nous étions potentiellement capables de le servir, lui montrer nos réalisations, mais c'est lui qui, un jour, m'a demandé de lui faire un prix pour un format de caisse en carton qu'il utilisait régulièrement ; mon prix était plus cher, mais néanmoins il a voulu faire un essai, qui s'avéra concluant ; ce fut un de mes plus gros clients, mais j'avais mis deux ans pour y rentrer.

J'ai quitté ma société d'emballages il y a quatre ans, il se sert toujours chez nous ; il y a donc 12 ans que nous le fournissons sans interruption.

Il faut être patient et disponible, rendre service au client si on le peut pour toute autre chose. J'ai, un jour, pour l'acheteur des caves de Roquefort, porté un colis à sa fille qui habitait Toulouse, cela ne m'a pas coûté grand-chose, mais le client était attaché à son fournisseur.

Inversement, il faut que la société qui vous emploie sache que c'est à travers vous qu'elle vend et qu'elle vit. Le vendeur doit être servi en priorité pour tout ce qu'il demande : si le chef des ventes ne sait pas cela, quel que soit le produit proposé, les ventes péricliteront.

La vente est un art, ce n'est pas un travail, mais cet art a des règles qu'il ne faut ni méconnaître ni oublier.

Quel pied lorsqu'on obtient un marché, que votre client vous reçoit comme un ami !

Vous avez gagné la joute, ou alors on peut admettre que vous avez bien fait votre travail.

Chapitre VII

En 1963, un événement allait se produire, un événement qui allait bousculer et transformer ma vie. Cette année-là, au mois d'août, mes parents décident de faire le voyage de leur vie. En ce temps-là, le fait de voyager n'était pas entré dans les mœurs comme de nos jours.

Ma mère, toujours bien pensante, s'était inscrite avec mon père à un voyage en Terre sainte par une organisation de l'Institut catholique de Toulouse et les voilà partis en croisière, visite de la Grèce, où mon père, en tant que latiniste et helléniste convaincu, a écrit des pages formidables sur les moments vécus pendant ce périple qui leur fit toucher la Sicile, le détroit de Corinthe, Athènes, Beyrouth, ville magnifique à cette époque, puis Damas et enfin Jérusalem, but final de ce pèlerinage.

Mon père, fatigué par la chaleur et, à mon avis, terrassé par l'émotion, fit un infarctus et, de ce fait, fut hospitalisé à l'hôpital Bichur-Cholin de Jérusalem ; la panique a dû certainement le saisir, d'abord se voir malade comme tout un chacun devant la maladie, en plus en pays étranger où étant hospitalisé un jour de sabbat, en Israël, ausculté par un médecin juif qui, pour se conformer à la règle qui fait que ce jour-là on ne doit pas travailler, faisait tenir le stéthoscope par un non-juif afin de donner un diagnostic.

Oh ! hypocrisie, que ne fait-on pas en ton nom !

Que dire de ma mère, n'étant jamais sortie de son Castres natal, angoissée par la situation, la santé de son mari, l'abandon des autres voyageurs qui, eux, continuaient leur périple, ce qui est normal. Je pense donc que leur moral à tous deux ne devait pas être au beau fixe. L'abbé qui dirigeait le pèlerinage confia ma mère au Père supérieur d'un couvent français de Jérusalem, Notre-Dame de France, afin qu'elle ne soit pas trop perdue, et s'en alla avec ses ouailles.

Il s'avéra par la suite que ce supérieur, le Père Jeffroy, se révéla être un homme extraordinaire qui, non seulement s'occupa de ma mère, mais l'entoura, la sécurisa, et fit en sorte qu'elle se sentit chez elle dans ce couvent.

La santé de mon père s'améliora ; tous les soirs nous téléphonions au couvent pour apprendre de ses nouvelles par ma mère, savoir aussi comment elle allait et pour également les soutenir tous deux par notre voix, pour nous sentir proches les uns des autres dans ces moments difficiles.

Le 16 septembre, un télégramme est arrivé annonçant le décès de mon père : il avait fait un second infarctus fatal alors qu'il se rasait, ce qui, en somme, est une belle fin. A ce titre, ses vœux furent entièrement exaucés. Mon père avait toujours eu en sainte horreur le cimetière de Castres et « ses tiroirs », comme il disait. Il avait toujours eu envie du cimetière de Nice qui, comme celui de Sète, chanté par Brassens, est couvert de fleurs, face à la mer.

Il a eu mieux encore : il fut inhumé au milieu des fleurs de Palestine, à Jérusalem : comme site ce n'est pas si mal.

Vous pourriez vous dire : mais pourquoi ne pas l'avoir ramené en France ? Pendant la semaine qu'il passa à l'hôpital, il avait dit à ma mère, c'est encore l'homme de lettres qui parle :

« Les croisés venaient bien en Terre sainte pour y mourir, s'il m'arrive quoi que ce soit, tu me laisses ici ! »

Nous n'avions plus qu'à nous exécuter ; il devait se douter du cadeau qu'il nous faisait, à nous autres ses enfants, avec sa mort lointaine, il nous faisait découvrir les voyages. Pour moi, comme pour ma sœur, une nouvelle passion se dessinait, celle de découvrir le monde, elle ne s'est toujours pas arrêtée, c'est toujours le seul luxe que je m'offre, mais celui-là je me l'offre.

Tous comptes faits, ce n'est pas aussi cher qu'on se l'imagine, il suffit de choisir.

Pour finir avec la narration des obsèques de mon père, en plus des fleurs, en bon « pince-sans-rire » qu'il était, il désirait que ses obsèques soient célébrées à six heures du matin :

« Comme cela, je n'aurai que mes véritables amis autour de moi, ce matin-là ! »

Ma mère, en bonne chrétienne, a voulu que l'on célèbre une messe pour les habitants de Colomiers, où nous habitions, en communion de prières avec Jérusalem ; cet office fut célébré à 9 heures à Jérusalem et, avec le décalage horaire, elle eut bien lieu à 6 heures du matin à Colomiers, ce que mon père souhaitait.

Mais ce qui a dû surtout lui faire plaisir, c'est que, malgré l'heure fort matinale, l'église était quasiment pleine : on honorait le départ d'un brave homme.

Ma sœur et moi dûmes entreprendre une course éperdue afin de nous rendre aux obsèques de notre père, nous avions appris sa mort le lundi dans la matinée, mais la loi juive qui régit le pays veut que toute personne décédée avant midi soit inhumée avant le coucher du soleil, pour des raisons climatiques bien compréhensives, il fait chaud en septembre à Jérusalem bien que la ville soit située à 700 mètres d'altitude ; l'inhumation eut lieu dans le jardin de Notre-Dame de France à 18 heures après une absoute, la messe d'enterrement était programmée le mardi à 14 heures ; il fallait être à Jérusalem à ce moment-là.

Air France nous facilita la tâche, après de nombreux coups de téléphone dans tous les sens, nous étions trois à partir : ma sœur Any, Simon, son mari, et moi-même ; Monique, ma femme, gardant nos enfants.

En fin de matinée, nous étions dans le bureau d'Air France : nous étions sur un vol partant le lendemain matin à 9 heures d'Orly, malgré tous les vols complets au départ de Blagnac, nous avions trois places sur un Air-Inter à 8 heures. Je m'excuse auprès des trois personnes qui, malgré leurs réservations, ne purent embarquer.

A 9 heures, nous embarquions pour Tel-Aviv où le Père Jeffroy nous attendait ; nous fûmes de suite dans le vif du sujet du Moyen-Orient : un garde de l'ambassade de France, réquisitionné par le supérieur et son ami, était venu nous chercher à l'aéroport Ben Gourion, avec la 404 de l'ambassade ; nous avons chargé les valises dans le coffre après avoir dégagé les revolvers, fusils-mitrailleurs et autres grenades qui l'occupaient.

Nous venions de rentrer dans un autre monde !

Nous sommes montés vers Jérusalem en empruntant « la route de la gloire », ainsi nommée parce qu'en 1948 les arabes encerclaient les juifs qui se trouvaient dans Jérusalem Ouest, les secours et le ravitaillement ne pouvaient emprunter que cette voie d'accès ; nous avons zigzagué à travers les restes de chars, d'automitrailleuses, de voitures et de camions calcinés. Tous les soirs, pendant le blocus, les juifs essayaient de passer ; ils y arrivaient, mais en laissant sur la route 15 à 20 morts chaque nuit. Grâce à eux, Jérusalem n'est pas tombée aux mains des arabes.

C'était la première confrontation que nous avions avec la guerre israélo-arabe ; j'avoue que, maintenant, je regarde d'un autre œil les événements du Moyen-Orient.

Puis nous sommes arrivés dans ce couvent pour retrouver notre mère, toute petite, dans le coin d'une cellule aux murs de pierres apparentes.

C'était un mélange de tristesse, de joie de nous retrouver, de paix aussi, d'émotion surtout : c'était le soir, il y avait un je ne sais quoi de léger dans l'air ; malgré l'obscurité, en regardant par la fenêtre, on voyait les murs de la vieille ville de Jérusalem illuminés. Le Père m'indiqua le Saint-Sépulcre, le Golgotha, la mosquée d'Omar et, dominant la ville, le mont des Oliviers.

C'était à la fois irréel et merveilleux !

J'ai eu une pensée pour mon père et j'ai eu envie de lui dire : « Merci ! »

La cérémonie de la messe de funérailles fut toute simple, mais rehaussée par la présence de tas de Français sachant qu'un de leurs compatriotes était mort, ils s'étaient joints à la Communauté.

M. Cohen, de l'ambassade de France, était là ; ma mère avait reçu un télégramme de condoléances du maire de Tel-Aviv, cette ville étant jumelée avec Toulouse, sachant qu'un Toulousain était décédé à Jérusalem, il avait envoyé un mot personnel.

Que de ferveur, que de délicatesse, c'était étonnant, il y avait des gens de tous les horizons, des religieuses, un œcuménisme inconnu chez nous, et une joie qui transparaissait partout. Ce fut une messe très gaie, dans une chapelle où la première chose que l'on voit en entrant est une fresque de Notre-Dame de Lourdes, puis la cathédrale de Chartres et Notre-Dame de Paris peintes sur les murs ; nous n'étions pas du tout dépaysés, les vedettes de la fête, c'était nous.

Mon père, lui, pas de problème, il était dans la Lumière, donc pensons aux autres autour de nous, aux vivants !

Quelle foi avaient ces gens-là, dans une joie toujours présente !

Nous sommes restés trois jours chez ces moines assomptionnistes et toujours cette gaieté permanente. Le lendemain, nous avons mieux vu la tombe de notre père au milieu des roses et du jasmin : il avait vraiment réussi son coup !

Dans le minimum de temps, les pères nous firent voir le maximum de lieux saints ; ce qui m'a le plus frappé, lors de cette première visite, ce furent les rues : elles s'arrêtaient pile, de l'autre côté, Jérusalem Est, des soldats partout, des sacs de sable dans chaque fenêtre, des mitrailleuses sur les toits, des chars à chaque encoignure de mur, et, au milieu de tout ça, la vie qui continuait, les enfants à l'école, les femmes vaquant à leurs occupations, les marchés dans les rues, et... les fusils des arabes de l'autre côté de la barricade qui dépassaient, leurs couffiefs qui se déplaçaient, les drapeaux qui claquaient.

La crainte que nous avions le premier jour faisait place à la curiosité, surtout lorsque le Père nous amena sur le toit du couvent, transformé en fortin, avec canon et mitrailleuse lourde ; le chef de poste qui connaissait bien les religieux, puisqu'il vivait chez eux et qui comprenait le français, nous fit venir aux meurtrières au travers desquelles il tirait avec ces armes, nous avons pu admirer la vieille ville au coucher du soleil : la mosquée d'Omar illuminée par les derniers rayons du soir et les deux dômes de la crucifixion noyés dans les terrasses des maisons arabes ; il nous indiquait où étaient les postes ennemis sur lesquels il devait tirer si les combats reprenaient.

Que nous étions loin de nos préoccupations toulousaines, que le monde est différent ! Quel mélange de beauté et de ferveur, de guerre, de sang, de chaleur humaine, de foi !

Quel mélange que la vie !

Et l'on reprit l'avion pour rentrer, en ramenant notre mère qui laissait en Terre sainte tout son cœur et quarante-cinq ans de sa vie ! Mais pour moi, quelle expérience je venais de vivre ! Quelle confrontation avec le monde, les gens, la guerre, la paix, la religion, telle qu'on nous l'enseigne et telle qu'elle est sur le terrain, totalement différente. Je fus marqué d'une façon indélébile par ces gens, par ce pays où je revins une dizaine de fois depuis et dont je ne peux rester longtemps éloigné sans ressentir un manque.

Ma mère supporta bien le voyage de retour et, notre arrivée à Orly étant tardive, nous sommes rentrés en train depuis Paris jusqu'à Toulouse-Matabiau où une délégation familiale nous attendait ; tous ces gens-là tombèrent dans les bras de ma mère en pleurant. Je me suis rendu compte à ce moment-là que c'était les premières larmes qui se versaient depuis notre départ.

La vie reprit son cours normal avec une différence pourtant, nous connaissions autre chose, d'autres gens, une autre façon de vivre, nous avions apprécié l'accueil qui nous avait été fait et je crois que depuis ce moment-là rien n'a été pareil.

Nous avons agrandi notre champ de vision, nous avons eu envie de voir ce qu'il y avait de l'autre côté de l'horizon. Pour ma sœur et pour moi, cela ne s'est jamais plus arrêté, nous avons l'un et l'autre parcouru le monde en tous sens, fait des rencontres, des découvertes, d'autres gens, d'autres pays.

Prendre un avion est pour nous une joie, franchir une mer ou un océan, une bénédiction.

Merci papa !

Chapitre VIII

Depuis ce temps-là, j'ai voyagé et fait quelques centaines de milliers de kilomètres ; j'ai réussi à faire une moyenne de deux voyages par an, avec une préférence marquée pour la croisière, façon idéale à mes yeux de voyager ; c'est le monde qui vient à vous et non l'inverse : on visite les pays les plus divers, et tous les soirs on dort dans son lit. Il est vrai que c'est loin d'être une aventure et que l'imprévu est gommé, cependant les pyramides sont les mêmes qu'on y arrive en croisière ou en auto-stop avec sac à dos. Peut-être que le risque multiplie les émotions, je pense personnellement que ce sont les interdits, ou plutôt le fait de passer outre une interdiction qui pimente la vie et fait battre le cœur plus vite. Presque tous les Français, avec leur esprit frondeur et rétif à toute discipline, connaissent incontestablement ce sport.

Il suffit de rentrer dans une mosquée ou un musée où il est interdit de photographier ; si sur 50 personnes il y a 10 Français, 5 au moins feront une photo en se cachant ou, mieux encore, à découvert, uniquement parce que c'est interdit ; la valeur photographique de la prise de vue ne valant certainement pas le détour, mais pour le principe !

A l'étranger, le Français se remarque de loin et immédiatement... c'est le seul qui râle. Pourquoi est-il aujourd'hui en Tunisie ? Mais simplement parce que son voisin de palier, lui, l'an dernier, est allé au Maroc ! Ne soyons pas méchant, faisant partie de ce groupe ethnique, soyons un peu tolérant !

Si je préfère le bateau, l'avion ne me gêne absolument pas, je suis toujours ravi, enchanté de prendre l'avion, c'est toujours une fête car cela signifie partir loin ; aux gens qui me demandent :

« Mais, en avion, tu n'as pas peur ? » Je raconte :

Il y a quelques années nous étions, avec ma seconde épouse, à N'Gor, près de Dakar, pour une semaine, donc libres de choisir nos excursions.

Dans le lobby de l'hôtel, la photo d'un magnifique lion avec une inscription : Niokolo-Koba. Renseignements pris, c'était la publicité d'une réserve d'animaux en plein Sénégal, la visite durait 48 heures avec départ le lendemain.

Je saute sur l'occasion, prends deux passages, préviens ma femme ; le lendemain, à 6 heures du matin, nous étions à l'aéroport de Dakar-Yoff où nous embarquions à bord d'un D.C.3 d'Air-Sénégal, avec une trentaine de passagers.

L'avion était vétuste à souhait, les sièges éventrés, la climatisation constituée de quatre ventilateurs aux quatre angles de la cabine ; les valises et colis divers installés dans des filets genre S.N.C.F. d'autrefois, et nous voilà décollant direction Simenti à 600 kilomètres de là, survol de Dakar, de l'île de Gorée, de la côte sénégalaise, puis nous bifurquons plein est, survolant la savane africaine à perte de vue, avec cette couleur ocre et ces petits bouquets d'épineux, caractéristiques de cette région : « vol de routine », cependant le poste de pilotage était grand ouvert et tout un chacun pouvait à sa guise le visiter et faire un brin de causette avec les pilotes, ça, c'est l'Afrique !

Légère collation à bord, nous avons amorcé notre descente, le sol se rapprochait ; bien qu'étant 8 h 30 du matin, la chaleur au sol, au dire des pilotes, était de 50° ; après avoir attaché nos ceintures, quelques instants plus tard, c'est là que le cirque commença.

Nous avons cru que nous nous étions écrasés ou que nous venions de percuter quelque chose tellement le choc avait été violent ; l'avion s'est cabré quasiment à la verticale, nous écrasant contre nos fauteuils, tous les bagages à main, sacs et autres objets sont partis au milieu de la cabine, certains se déchirant aux pales des ventilateurs d'angles, des tas de morceaux d'objets divers volaient de toutes parts.

L'avion a brusquement basculé ; l'aile droite s'est trouvée en dessous de nous, l'avion s'est mis à piquer en sautant d'une façon effroyable, on se serait cru dans un scenic railway ; les moteurs ont accéléré, le bruit à l'intérieur de la cabine était assourdissant, on aurait dit que l'avion sautait de bosse en bosse, nous tombions, le sol se rapprochait de plus en plus ; je ne savais pas s'il fallait prier, crier, si ma dernière heure était venue, mais je n'avais pas peur, je ne craignais pas le crash.

Après une dernière chandelle où j'ai cru qu'on allait faire un looping, l'avion s'est mis en piqué une dernière fois et, après avoir battu des ailes deux ou trois fois pour faire joli, il s'est remis en ligne ; les turbulences ont cessé aussi brusquement qu'elles étaient venues, nous étions à dix mètres du sol et nous nous sommes posés sans aucun problème !

Nous étions hébétés, sans un poil de sec, au milieu d'un fatras indescriptible, arrivés et vivants. Depuis, je me suis dit que si un avion pouvait faire ça, ce n'était plus la peine d'avoir peur !

L'explication de ces turbulences m'a été fournie par la suite : en Afrique la chaleur est intense et réchauffe terriblement les basses couches d'air au ras du sol, qui, étant chaudes, montent violemment et rencontrent des masses d'air froides plus élevées, il se crée un tourbillon identique aux énormes vagues lors des grandes marées, l'avion est obligé, pour atterrir, de pénétrer dans ces rouleaux d'air surchauffés d'où ces séries de coups de butoir que nous venions de subir.

Arrivés à Simenti, nous avons eu la surprise de découvrir l'aérogare, une fois que la poussière de notre atterrissage se soit reposée : c'était une cabane en bois, comparable à un abri-bus de nos villes, un banc, et... c'est tout ; une manche à air déchirée pour indiquer le sens du vent.

Cet aéroport recevait 8 avions par semaine, 400 appareils, soit 15 à 20 000 passagers par an. Pour les bagages, grande simplification « chacun pour soi », à aller chercher dans la soute qu'on a mis en certain temps à pouvoir ouvrir, mais un bon caillou a suffi à débloquer la serrure. Les bagages récupérés, après avoir farfouillé dans la soute, il restait à les transporter jusqu'au plateau 404 Peugeot qui nous attendait. Avec le recul, cela fait partie des bons souvenirs de voyages aériens que je garde.

Il faut reconnaître que les pilotes des compagnies aériennes africaines sont de véritables as, il y a très peu d'accidents ; ils sont aguerris à tout ce qui peut advenir : trombes d'eau, vents de sable, orages tropicaux ou décollage dans le noir le plus absolu comme ce fut mon cas à Lomé, au Togo, où après avoir fait son point fixe en bout de piste et avant qu'il ne s'élance, regardant au travers du hublot, j'ai vu les lumières de la piste s'éteindre, probablement à cause d'une panne, l'avion, moteur à pleine puissance, est parti, se guidant seulement avec son propre éclairage et a décollé sans problème.

En Europe, ou ailleurs, un tel décollage n'aurait pas été permis. Mais c'est ça, l'Afrique : le risque est partout, on vit avec, et l'importance est celle qu'on lui donne !

Autre détail amusant : lors d'une arrivée à Brazzaville, avec mon petit-fils Alexandre, la lumière s'est éteinte comme nous pénétrions dans l'aérogare. Pour pallier à cet état de choses, on a donné une bougie à chacun de nous et, nantis de ce luminaire, nous sommes allés reconnaître nos bagages au milieu d'une montagne d'objets des plus divers, la procession lumineuse se mit en marche et le Seigneur étant avec nous, nous avons retrouvé nos valises.

Si j'ai pu aussi bien connaître l'Afrique, c'est que ma sœur fut nommée conseillère technique auprès de divers ministres dans différents pays, ce fut pour moi prétexte à lui rendre visite et découvrir chaque fois quelque chose de nouveau. Elle ne resta que peu à N'Djamena, au Tchad, et je n'ai pas eu le temps d'y aller.

Son second poste fut à Bangui, en Centrafrique, comme conseillère technique auprès de Mme Zanéfé Touam Bona, ministre des

Affaires sociales du gouvernement de Bokassa ; cela m'a permis de découvrir l'Afrique profonde, car Bangui, ce n'est ni Dakar ni Abidjan, c'est la ville africaine d'autrefois avec son centre un peu européen, mais surtout ses cases avec un petit lopin de terre autour, une verdure luxuriante, même en pleine ville ; des gens qui marchent sur des kilomètres, de la poussière de latérite qui vole partout, des rues non goudronnées ; Bangui, au bord de l'Oubangui, avait un charme moitié sous-préfecture, moitié bidonville ; mais en plus la chaleur, les couleurs vives, les gens gais qui vous sourient, qui chantent, la brume de chaleur ou les trombes d'eau pendant les pluies tropicales.

Qui n'a pas assisté à un orage tropical ne sait pas ce qu'est un véritable orage, les éclairs se suivent sans interruption, les uns derrière les autres ; lorsque le tonnerre éclate, on se croirait sous un bombardement tellement c'est violent et la quantité d'eau qui tombe est incroyable, on penserait volontiers que l'on vous retourne une baignoire pleine sur la tête, je n'ai jamais vu tomber autant d'eau du ciel : les toits ressemblent à de véritables cascades ; les cheneaux n'existent pas, mais on comprend pourquoi.

Et puis, l'Afrique ce sont les odeurs, différentes tout au long de la journée, et les bruits de la nuit : les crapauds buffles, les grillons, des crissements, des grattements, toute une faune inconnue qui s'active, dans une nuit africaine d'un noir d'encre, ce qui permet d'avoir des ciels étoilés absolument sublimes, et que dire des couchers de soleil ! A six heures moins cinq, il fait grand jour ; à six heures cinq, il fait grande nuit, mais pendant ces dix minutes, quel spectacle !

Un véritable feu d'artifice : des rouges, des orange, des verts incroyables, des gris puis des blancs avant d'autres gris, enfin des noirs, une véritable féerie.

Quant à la vie, elle est très agréable pour les coopérants qui, avec leurs boys, sont comblés. Le boy peut et sait tout faire : cuisine, repassage, ménage ; la nuit, le gardien vient prendre ses fonctions, il dort en travers de la porte d'entrée, à même le sol ou sur une natte, en compagnie du chien, avec son arc et ses flèches ; nous étions en

1970 ; peut-être qu'en ce moment cela existe toujours, mais il faut le vivre pour se rendre compte que la France est bien loin.

Ma sœur habitait, à Bangui, une petite case, pas très loin de l'hôpital, là aussi cela valait le détour avec une cour grouillante de monde et d'animaux : chèvres, moutons, chiens... En Afrique, les parents accompagnent le malade qui, en général, n'est pas nourri par l'hôpital, et comme il faut s'occuper des bêtes, on les amène et on campe sous les fenêtres de l'hospitalisé. Il est difficile de raconter le spectacle des divers feux dans cette cour, car il faut bien nourrir tout ce monde qui reste là, assis ou couché et qui attend, alors on fait la cuisine ! Il est vrai qu'ici le temps a une valeur différente du nôtre, il n'a pas la même durée, mais la couleur locale était garantie !

A Bangui, il nous est arrivé une aventure unique que je voudrais raconter.

Dans le sud de la Centrafrique, vivent des Pygmées, nous avons décidé d'aller y faire un tour pour essayer de les voir ; la voiture de ma sœur frisant l'épave, comme d'ailleurs presque toutes les voitures de la ville, sauf les Mercédès ministérielles que l'on voyait passer de temps en temps, précédées de motards, elle demanda à une de ses amies, employée à l'ambassade, de lui prêter la sienne : une 4L Renault, presque en bon état. Cela nous suffisait amplement et nous nous sommes embarqués un week-end vers l'aventure...

Départ le samedi matin, vers quatre heures ; ma sœur, chef de mission, chaque voyage devant être programmé avec autorisation et papiers le confirmant ; son chauffeur, Jean-Marie, adorable Centrafricain, riant tout le temps, force de la nature et adorant la bière « Mocaf » locale assez alcoolisée, ma femme Nicole et moi, nous voilà partis, direction M'Baïki, sous-préfecture au sud du pays.

Un premier barrage de police nous arrête, on montre l'ordre de mission, on repart au milieu d'une végétation luxuriante extraordinaire, des arbres incroyablement hauts, certains atteignent parfois 100 mètres, le tout coupé par des plantations de café en floraison.

Les tiges des caféiers étaient couvertes de graines rouges qui, plus tard, deviendront verdâtres quand elles seront mûres, mais aussi de petites fleurs blanches terriblement odorantes. Nous avancions bien sur la route goudronnée ; nouveau barrage, nous arrivions devant un haut lieu de l'histoire du pays, en effet, nous passions devant le palais de Berengo, de Sa Majesté Impériale Bokassa, palais qu'on entr'apercevait derrière de très hauts murs, assez loin, parmi les arbres.

Nous avons continué, nouveau barrage et, à une dizaine de kilomètres au-delà du palais, encore un barrage : ma sœur descendait pour que l'on vise son ordre de mission ; regardant machinalement dans le rétroviseur, j'ai vu un troupeau de vaches qui traversait juste derrière la voiture : les bœufs baoulé ont des cornes gigantesques en forme de lyre et je pensais que le cinéaste amateur que j'étais allait faire l'œuvre de sa vie en filmant ces bêtes magnifiques afin de les montrer aux populations toulousaines extasiées ; je fis tout ceci sous l'œil goguenard des gardes du poste de police.

Ma sœur de retour, nous sommes repartis visiter M'Baïki, minuscule bourgade, sans grand intérêt si ce n'est l'achat d'objets en ébène ; seul monument du lieu : une case en bois, ouverte à tous vents, portant la mention « Sous-Préfecture », nous étions au centre de l'agglomération, entourés d'une dizaine de cases, mais, déception, aucun Pygmée à l'horizon ; nous avons pique-niqué sous un manguier centenaire, entourés d'enfants qui venaient au spectacle rare : des touristes dans ce coin perdu ; après avoir distribué quelques friandises, nous avons pris le chemin du retour par la même route, nous devions rendre la voiture à 20 heures et nous avions une centaine de kilomètres à parcourir pour rejoindre Bangui.

Un premier barrage fut passé, puis nous sommes arrivés au poste de police où j'avais fait le film. J'étais à côté du chauffeur, nous nous sommes arrêtés devant les soldats qui, cette fois, nous barraient la route.

Un soldat, en armes, est arrivé sur nous, roulant des yeux énormes, ouvrit la portière de mon côté, m'attrapa par le bras et me jeta dans le fossé, prit ma place et intima l'ordre de continuer à Jean-Marie ; je me relevai endolori, courus après la voiture, montai à l'arrière. Le curieux de l'aventure, j'étais lucide et malgré ce qui venait de se passer, je m'étais rendu compte que le soldat avait une mitraillette, mais pas de chargeur, j'ai aussitôt prévenu Any et Nicole qu'il n'était pas armé.

Nous avons roulé ainsi quelques centaines de mètres et nous nous sommes arrêtés devant un bâtiment long et plat : le commissariat de police. On nous fit entrer dans une pièce vide où il y avait deux bancs et on nous dit : « Attendez là. » La voiture fut enlevée et mise à l'écart. C'est à ce moment-là que ma sœur et moi nous avons craint : « Pourvu que l'on ne disparaisse pas ! », telle fut notre première pensée, ensuite nous avons réalisé l'un et l'autre que la plus fragile était Nicole, ma femme, qui, sur un coup de tête pouvait tout faire basculer : nous ne savions toujours pas ce que l'on attendait de nous.

Il était six heures du soir, le soleil était en train de se coucher, la pièce était faiblement éclairée et l'on est venu nous dire que le commissaire venait d'arriver et allait nous interroger. Ma sœur passa la première, rentra dans le bureau du commissaire et nous attendîmes. Une heure après ce fut mon tour : les questions que l'on me posa me laissèrent pantois et sans réponse.

« Pourquoi avez-vous photographié le palais de l'empereur ?

— Quel palais ?

— Ne faites pas l'imbécile, vous avez photographié le palais, d'ailleurs, montrez-moi la photo que vous avez prise. »

Mon appareil étant une caméra, je ne pouvais sortir le film, il fallait le faire développer, puis le projeter ensuite.

« Nous étions devant le poste de police, j'ai vu des bœufs traverser la route derrière la voiture, je les ai filmés, le palais est au moins à 10 kilomètres de là et non visible, en aucun cas je ne peux avoir le palais sur le film.

— Nos renseignements sont bons, vous êtes des terroristes qui en voulez à la vie de notre empereur, d'ailleurs donnez-moi votre numéro de livret militaire. »

Je suis resté ahuri, je défie quiconque de savoir le numéro inscrit sur son livret militaire, à savoir même si on a un livret militaire !

Je lui ai répondu :

« Je n'ai pas de livret militaire, en France, on ne se promène pas avec son livret.

— C'est très grave ! Vous voyez bien que vous êtes venu pour perpétrer un attentat, vous n'avez pas de papiers !

— Mais si, j'ai des papiers, voilà mon passeport, ma carte d'identité, ma carte de Sécurité sociale.

— Vous avez pu les contrefaire. »

Il s'exprimait dans un langage très châtié, un peu vieille France !

Je ne savais plus que répondre et l'angoisse commençait à monter car cela devenait du pur Kafka.

Après une heure passée en questions surréalistes, où je lui expliquais comme je le pouvais que je ne pouvais lui montrer de photos sans qu'un laboratoire intervienne et développe le film...

« Restez là, je n'en ai pas fini avec vous ! Vous êtes suspect ! »

Jean-Marie fut interrogé à son tour et ressortit blanchi, si je peux dire pour un magnifique Noir comme lui, mais nous avons appris par la suite que deux choses avaient joué en notre faveur : d'abord ma sœur, conseillère technique d'un ministre, était presque un personnage officiel et notre voiture appartenait à l'ambassade de France, ce qui « collait » assez mal avec les terroristes qu'il voulait que nous soyons, ceci afin de se faire « mousser », bien entendu. Il n'empêche : il avait le pouvoir et pouvait faire de nous ce qu'il voulait.

Les interrogatoires finis, il était neuf heures du soir ; ayant un petit creux, nous sommes allés à la voiture, garée à côté, pour quérir la glacière qui contenait les restes de notre casse-croûte de midi ; en sortant de la pièce, nous nous sommes rendu compte que nous n'étions pas seuls, il y avait avec nous des dizaines d'individus de petite taille semblait-il, nous étions allés bien loin pour voir ce que nous avions sous les yeux, nous étions en prison avec 2 ou 300 Pygmées !

La surprise fut de taille, mais la faim aidant, nous nous sommes mis tous les quatre dans un coin de la cour, nous avons commencé à déballer nos vivres : nous avons été surpris d'un certain silence qui s'établissait autour de nous ; à notre ahurissement total, nous étions entourés par les 200 Pygmées qui nous regardaient, sans agressivité, mais n'ayant rien à manger, depuis quand, mystère ! ils espéraient peut-être avoir quelque chose de notre générosité.

N'ayant pas la possibilité d'être équitables vis-à-vis de chacun, n'étant pas le Christ pour multiplier notre nourriture... nous n'avons pas osé manger devant des gens qui avaient faim, nous avons remballé nos affaires dans la glacière, remis le tout dans la voiture, nous nous sommes assis par terre au milieu de ces Pygmées qui nous regardaient avec étonnement, autant que nous pouvions le faire vis-à-vis d'eux.

Ce qui surprend le plus, c'est que ce sont des hommes et des femmes âgés, avec des tailles d'enfants : un mètre à un mètre vingt environ ; ils sont gentils, doux, paisibles, ils nous souriaient, nous avions un point commun, nous étions en prison comme eux, cela nous rapprochait beaucoup.

Surprenant encore, c'est qu'en pleine nuit, un Noir n'est visible que par ses yeux ou ses dents quand il sourit ; la nuit est très sombre en Afrique et nous étions dans une cour, sans éclairage, sans murs et sans grillage, mais ce n'était pas la peine, à quelques dizaines de mètres, le début de la forêt équatoriale était là, l'endroit faisait également office de latrines et, galamment, j'y accompagnais ces dames, cela faisait passer le temps !

Vers 22 heures, une voiture est arrivée dans la cour, Albert, un ami d'Any. Nous devions rendre notre 4L à 20 heures et dans ces pays-là, la solidarité joue à plein ; ne la voyant pas à l'heure fixée, chacun avait téléphoné à droite et à gauche pour avoir de nos nouvelles ; Albert, sachant que nous n'étions pas rentrés, avait décidé de partir à notre recherche et de refaire la route en sens inverse ; Albert avait une particularité, il était Centrafricain, médecin et, de surcroît, médecin de la Cour Impériale. Le voir arriver a été un énorme soulagement, nous savions au moins que nous n'allions pas disparaître. Puis, une voiture arrivant avec l'immatriculation du palais impérial, quelqu'un de reconnu, demandant de nos nouvelles au commissaire, cela accréditerait de moins en moins la thèse de terroristes qu'il voulait nous mettre sur le dos.

Albert, à son arrivée, nous avait fait un petit signe discret de la main, nous indiquant de ne pas bouger et de faire comme si nous ne le connaissions pas... Toujours est-il que, quelques instants plus tard, un garde est venu nous chercher pour nous amener devant le commissaire qui nous annonce qu'une décision serait prise à notre endroit le lendemain.

Nous pouvions rentrer chez nous car il n'y avait pas d'endroit convenable pour garder des Blancs (ce fut la seule fois où il fut question de notre race), il nous faisait confiance et nous attendrait le lendemain à neuf heures.

Après une brève entrevue avec Albert qui attendait pour voir la tournure des événements, rendez-vous fut pris chez Any, à Bangui distant d'une soixantaine de kilomètres : « Dans une heure à la maison ! » C'était sans compter avec les éléments, car un orage tropical terrible s'abattit sur notre petite caravane et c'est sous une trombe d'eau que nous atteignions Bangui pour clore cette journée fertile en émotions et en incidents divers.

Sitôt chez Any, Albert nous demanda ce qui s'était passé. Nous lui avons raconté l'arrêt, les vaches, le film, on aurait pu en rire, mais les conséquences pouvaient en être dramatiques.

Le médecin avait parlé avec le commissaire qui, au début, nous prenait réellement pour des terroristes et qui, en définitive, abandonnait la charge mais maintenait le fait que nous avions filmé le palais alors que c'était strictement interdit comme l'indiquaient de nombreux panneaux. Malgré le bien-fondé de nos allégations, à savoir l'impossibilité d'avoir filmé le palais, invisible de l'endroit en question, puisque éloigné de 10 kilomètres, il n'empêche :

« Vous avez filmé dans une zone où il était interdit de le faire.

— Mais on a filmé des vaches, au vu et au su de toute la garde du poste qui nous regardait faire ! »

On convint avec Albert que nous nous rendrions, tout à l'heure, au poste comme convenu, car il était près d'une heure du matin, mais qu'au préalable, il fallait prévenir le maximum de personnes afin qu'elles sachent où nous étions, lui se chargeait d'aller à l'ambassade de France. Ma sœur et moi, après 2 ou 3 heures de repos, Any ayant passé une partie de la nuit à brûler des papiers qui pouvaient passer pour compromettants à des non-initiés, nous nous trouvions chez son ministre, Mme Zanéfé, dès 7 heures du matin.

Elle nous reçut fort agréablement, nous lui racontâmes notre aventure et elle convint, comme nous, après certaines hésitations, qu'il fallait que nous retournions en prison. Ce qui fut fait.

Après être allé rechercher ma femme, Nicole, nous sommes arrivés à nouveau à Pissa, ville où nous étions convoqués ; le commissaire nous attendait devant le commissariat, assis dans un transat, jouissant de sa pleine autorité et nous saluant d'un bienveillant :

« Bonjour, Monsieur Morzelle ! Déjà là !

— Mais oui ! Il est neuf heures et nous étions convoqués à neuf heures !

— C'est bien, j'arrive. »

Tout souriant, il est rentré dans le commissariat.

Une voiture est entrée dans la cour à ce moment-là ; un Européen en est descendu, il s'est de suite dirigé vers nous.

« Je suis Monsieur Bonnet de l'ambassade de France. Avez-vous été frappés ?

— Non ! avons-nous répondu, il a été soulagé.

— J'arrive du Bénin, où les Noirs se faisaient un malin plaisir de taper sur les Blancs qu'ils pouvaient emprisonner et je passais mon temps à les sortir de ce mauvais pas. J'ai été prévenu très tôt ce matin par Monsieur l'Ambassadeur, et me voilà. Je reviens à vous dans un instant. »

Il demanda audience à notre commissaire, fut reçu tout de suite, on ne fait pas attendre un envoyé diplomatique ; quand il ressortit il nous expliqua :

« On vous reproche toujours d'avoir photographié le palais de Berengo, dans une zone interdite.

— Mais c'est impossible, nous étions devant le poste, et de là, il est impossible d'apercevoir quoi que ce soit de Berengo.

— Je sais bien, mais soyez souples, ne les contrariez pas, soyez patients, avec eux on ne sait jamais ce qui peut se passer. De toute façon, je vous surveille et je vais revenir. »

Sur un dernier salut, il s'en alla, revint plusieurs fois, nous avions toujours plaisir à voir arriver la voiture en C.D. et M. Bonnet qui nous disait un petit bonjour et prenait la température du moment.

Qu'il soit remercié pour son dévouement et le réconfort qu'il nous a apporté !

Après son départ, je fus appelé un moment plus tard ; l'entrevue fut plus cordiale, mais il y avait tout de même des choses stupéfiantes... derrière son dos était tendue une toile portant les

« Commandements du chef »

Art. 1 - Le chef a raison.

Art. 2 - Le chef a toujours raison.

Art. 3 - Le chef ne lit pas le journal, il s'informe.

On trouve souvent cette inscription chez nous sur les tabliers de cuisine en manière de plaisanterie ; mais là, c'était un dogme auquel il fallait se soumettre et dont l'humour était banni.

Les questions ont continué, les réponses aussi, cela dura 2 ou 3 heures ; ma sœur subit également la question ; heureusement ma femme ne fut pas convoquée car nous craignions sa réaction ; puis la décision tomba, nous allions être jugés, pour quels motifs, nous ne le savions pas, il fallait attendre.

Nous avons attendu et allions être témoins d'actions d'une rare barbarie. C'était le dimanche, les Pygmées étaient toujours là, c'était l'après-midi, les soldats du poste étaient toujours là eux aussi, buvant bière sur bière et plus ou moins saouls, ils se mirent à jouer avec les Pygmées comme avec des jouets, les prenant par un bras, les lançant en l'air ou jouant à celui qui les lancerait le plus loin.

Les petits êtres ne disaient rien, pas un mot, résignés, déchirés, sanguinolents, certains avaient la peau arrachée, un autre le bras cassé, une femme enceinte recevait des coups de pied dans le ventre. Ils alignaient les Pygmées par terre et sautaient par-dessus, en ajoutaient un autre à chaque fois, jusqu'à ce que le dernier soit écrasé. C'était révoltant et nous étions en rage de ne pouvoir rien tenter. Qu'aurions-nous pu faire, c'était atroce de voir ces gens torturés, sans un mot, sans une plainte, la seule chose que l'on entendait, c'était les chairs qui prenaient des coups et les soldats qui s'esclaffaient.

La barbarie était là, nous en étions témoins, notre détresse était infinie et notre impuissance totale. Il y a 20 ans que j'ai vu cela, mais j'y pense encore souvent, toujours avec rage et effroi.

Vers le soir, les Pygmées furent enfermés dans une salle, compressés, presque étouffés, puis on nous appela et on nous annonça que nous pouvions partir mais qu'il fallait que nous soyons là à nouveau le lendemain matin.

On ne se le fit pas dire deux fois ; mais nous partîmes, la nausée aux lèvres et la rage au cœur.

Le lendemain, lundi, quand nous sommes arrivés, il n'y avait plus personne, plus un Pygmée, ils étaient rentrés dans leur forêt toute proche ; un gardien, plus évolué que les autres, à qui nous avons un peu parlé, nous a dit :

« Les Pygmées viennent chaque samedi se saouler, ils veulent voir la civilisation, puis ils rentrent dans la forêt ! »

Pauvre civilisation !

En fin de matinée, le téléphone sonna, un garde nonchalant décrocha ; brusquement, il sauta sur ses pieds et se mit à bredouiller : « Oui Papa ! Non Papa ! Bien Papa ! » en se tenant au garde-à-vous, puis passa la communication au commissaire qui, ayant raccroché, nous convoqua et nous informa que l'empereur Bokassa nous convoquait au palais le soir même.

Grosse agitation dans les esprits : « Qu'est-ce qu'il nous veut ? » Ma sœur, connaissant les coutumes impériales, pensait que soit cela se terminerait en beuverie au champagne, soit pour les dames dans son lit car il adorait la chair blanche ; de toute façon, nous risquions d'être expulsés.

L'après-midi s'étira interminablement au milieu de nos tristes pensées car on ne savait pas ce qu'il allait advenir de nous.

Le téléphone sonna une nouvelle fois, nouveau branle-bas de combat :

« Oui Papa ! Non Papa ! Bien Papa ! »

Reconvocation chez le commissaire qui nous dit :

« Dans sa grande mansuétude, l'empereur Bokassa vous pardonne, vous n'avez pas à aller au palais de Berengo !

(Soulagement de tout le monde.)

Mais ajoute :

— Vous serez jugés sur place en fin d'après-midi. »

Nous pensions que ce serait pour la forme, mais pas du tout.

Vers 16 heures eut lieu un véritable ballet de Mercédès noires se présentant les unes derrière les autres, il y en avait une dizaine en tout, flanquées de motards les encadrant.

Les ministres de Bokassa arrivaient.

Les plus hautes personnalités du régime étaient présentes :

Le ministre de la Justice, celui de l'Intérieur,

M. Lamine, ministre de la Sécurité, dont le regard vous faisait froid dans le dos, saisit la caméra, objet du délit, me demande :

« Comment marche-t-elle ? »

Je le lui explique et, ayant compris la manœuvre, il se met à filmer tous ceux qui étaient là.

Le ministre des Affaires étrangères arrive à son tour, flanqué du ministre des Finances qui, connaissant ma sœur pour l'avoir vue aux côtés de Mme Zanéfé, vient la saluer.

Tout ce beau monde fut introduit dans le commissariat où un papier fut lu.

Il était reconnu que nous étions coupables d'avoir filmé dans une zone interdite, mais que Sa Majesté Impériale, dans sa grande bonté nous avait graciés, donc acte !

Ensuite le ministre des Affaires étrangères nous a donné rendez-vous au ministère des Affaires étrangères à Bangui une heure plus tard, il avait convoqué M. Lemoine, ambassadeur de France.

Nous sommes arrivés au ministère.

On nous a installés dans une immense salle qui devait être une salle de réception ; quelques instants plus tard est arrivé M. l'ambassadeur de France qui s'est entretenu avec M. le ministre des Affaires étrangères en termes feutrés, auxquels nous n'étions pas conviés.

L'aparté étant terminé...

Solennellement, le ministre nous a remis à M. Lemoine et nous sommes sortis ensemble.

L'incident diplomatique était clos !

M. l'ambassadeur s'est enquis de savoir si nous avions une voiture, et nous a priés de le rejoindre à l'ambassade, ce que nous avons fait. Il nous a reçus fort gentiment.

« Mais pourquoi avez-vous filmé dans cette zone ? c'est interdit.

— Voyant dans mon rétroviseur passer des vaches, avec des cornes splendides, je suis descendu de la voiture et je les ai filmées. C'est tout ce que l'on peut me reprocher.

— Vous m'avez donné du souci pendant 48 heures, mais comme il fallait payer les fonctionnaires centrafricains à la fin du mois, l'empereur Bokassa s'est montré très vite compréhensif et tout s'est arrangé comme par miracle ! Allez, venez, prenons l'apéritif et n'en parlons plus ! »

Nous prîmes joyeusement l'apéritif ensemble et chacun retourna chez soi.

Moi, j'avais participé à une sacrée aventure, je n'ai jamais regretté de l'avoir vécue, sauf la séquence des Pygmées que je ne pourrai jamais oublier, car lorsque l'on voit des gens torturés à la télévision ou au cinéma, c'est une chose, mais lorsqu'on est témoin et présent, l'horreur est multipliée et cette vision est ancrée à jamais.

Ma grand-mère à Nice sur son banc
tenant dans ses bras mon fils Vincent, en 1958.

Chapitre IX

De mes cinq enfants, Vincent est le seul avec qui j'ai eu une relation particulière, nous avions de longues conversations ensemble et parlions librement de tout ce qui nous passait par la tête, aucun sujet n'était tabou, c'est le seul aussi dont j'ai su le moment de sa conception, cela s'est réalisé à Lloret del Mar, en Espagne, où nous passions un mois de vacances, en septembre 1957. Ce fut le petit dernier.

Nous lui passions plus de choses qu'aux autres, c'est vrai. La discipline pour les aînés avait été plus stricte que pour lui-même, mais, s'il n'en abusait pas, les aînés n'en étaient pas moins jaloux et disaient : « Si c'était moi qui avais fait ça, cela aurait chauffé... » C'était souvent vrai, mais il était « le petit roi » et on laissait faire.

Peut-être les aînés en ont-ils souffert ?

J'ai vécu avec Vincent une aventure sportive assez forte ; lorsqu'il a eu une dizaine d'années, il a manifesté le désir de jouer au football ; je l'inscrivis donc à l'Union Sportive de Colomiers, le club local, club où j'avais fait mes classes en leur temps, et je le suivais le dimanche lors des matches contre les équipes avoisinantes ; ainsi, je m'intéressais encore au football, mais depuis la touche et non plus du terrain. Il évoluait en catégorie « Pupille » et tous les dimanches, je participais aux discussions d'avant-match avec le responsable d'alors, M. Chevrot, surveillant général du collège, dont le fils jouait gardien de but ; cet assemblage de joueurs qui formaient l'équipe ne s'en sortait pas trop mal et obtenait même de bons résultats.

On me donna davantage de responsabilités que celle d'accompagnateur, on me demandait mon avis sur telle ou telle formation d'équipe ; la première année se passa et l'équipe finit troisième de son groupe.

L'année suivante, je fus tout de suite intégré dans le staff dirigeant, le nombre d'enfants venant au stade augmentait, on avait de plus en plus besoin de responsables dévoués, et mon fils évoluant en Pupille, je fus affecté à l'équipe Pupille.

Je pris seul en charge l'entraînement qui avait lieu chaque mercredi et mis mes connaissances footballistiques personnelles au service des gamins ; j'essayais de faire au mieux, me rappelant mes propres entraînements en tant que joueur, essayant de les appliquer aux jeunes dont j'avais la charge.

Le dimanche, lors des matches officiels, M. Chevrot était toujours là, donnant ses directives, tenant légèrement compte de mes avis, il faisait le compte rendu des matches pour la presse locale ; quand l'équipe gagnait, c'était l'équipe de M. Chevrot, et lorsqu'elle perdait, c'était l'équipe de M. Morzelle, cette situation ne me convenait pas : il faut une direction unique et non deux ; je laissai finir la saison, où nous sommes tout de même arrivés en finale de notre groupe, mais je décidai d'agir.

Je me rendais compte que, lorsque j'entraînais les jeunes, je leur transmettais mon savoir, mais je n'avais ni la technique pour leur indiquer le geste exact ni la pédagogie qui convenait ; si je voulais faire quelque chose d'utile et d'intéressant, il fallait que j'apprenne moi-même, c'est ainsi que je décidai de passer mon diplôme d'initiateur et de moniteur de football.

Je m'inscrivis à la Ligue du Midi et fus convoqué pour le stage quelque temps plus tard, au château de Lespinet, Centre sportif toulousain, où pendant une semaine, j'allais m'initier aux rudiments de base de la « chose footballistique » et essayer d'avoir mon diplôme. J'avais quarante ans, j'étais presque le plus âgé, car on passe ce diplôme en général entre vingt et trente ans, mais j'avais la foi, et si physiquement je tenais, je devais m'en sortir : c'est ce qui arriva.

Dès le réveil, vers 6 h 30, nous devions faire un footing à travers le parc du château pendant une demi-heure, c'était le moment le plus rude, car je devais vraiment forcer pour suivre le train, en général fort rapide, de ces garçons de vingt ans, mais malgré notre essoufflement, nous étions trois ou quatre qui, bien que tirant la langue, arrivions dans les délais.

Après la douche, un solide petit déjeuner, puis cours jusqu'à midi ; l'après-midi, exercice sur le terrain, ensuite conférences soit sur les lois du jeu, soit sur le problème médical de l'enfant, soit sur la pédagogie, et, après le repas du soir, entre 9 et 10 heures, nous devions exprimer nos idées sur divers sujets ayant trait aux sports en particulier ou sur la jeunesse en général.

J'avoue que ce stage me fit découvrir un des côtés du football que je n'avais jamais envisagé : sa forme éducative et formatrice ; je découvris que si j'étais naturellement doué en football, néanmoins, je n'y connaissais rien. Je m'y suis engagé à fond, avec entousiasme.

Nous étions un groupe d'une quarantaine, assez sympathique, animés d'un même but, l'ambiance était cordiale, chaleureuse, joyeuse, et la différence d'âge totalement absente.

Le vendredi soir, le moment de l'examen écrit arriva : nous fûmes installés dans une salle de classe, un par table, avec surveillants de la Jeunesse et des Sports, carte d'identité sortie ; c'est à ce moment-là que je me suis rendu compte que c'était un examen d'Etat ; je ne me rappelle plus le sujet, nous avions deux heures pour le traiter et je pensais que ce que j'avais pondu était correct.

Sous une pluie battante, le samedi matin, nous nous sommes retrouvés sur le stade où divers exercices que nous avions appris devaient être expliqués et démontrés à quatre ou cinq autres candidats faisant office de futurs élèves ; les exercices étaient tirés au sort dans un chapeau, j'ai tiré le mien : le football à sept, j'ai fait mon exercice délimitant le terrain spécifique à ce sport, stimulant de la voix et du geste mes collègues de stage afin de donner la meilleure impression d'autorité possible.

J'ai également participé, en tant que figurant, aux exercices de mes condisciples, puis, après un dernier repas pris en commun, ce fut le retour au bercail.

Dès le lundi matin, je téléphonais à la Ligue du Midi, avec une certaine anxiété, pour connaître la sélection de reçus au brevet d'initiateur : j'étais dans la liste, j'étais reçu et très fier de l'être, mes notes n'étaient pas sensationnelles : 104 points, le premier 120, et étaient reçu tous ceux qui avaient plus de 99 points. Il n'empêche que 5 participants à ce stage n'avaient pas décroché leur diplôme.

J'avais les cartes en main, je savais de quoi je parlais, et il me semblait que j'étais équipé pour faire passer le message.

Au début de la saison suivante, je pris donc en main, seul, cette équipe qui était devenue « Minime », aidé par M. Regimbeau sur l'aspect technique de l'équipe, alors que M. Rechard s'occupait de tout ce qui était intendance et administration.

Je m'attachais à faire faire aussi bien que possible à mes gamins les gestes et mouvements que j'avais appris pendant mon stage et, surprise, ils progressaient rapidement, ils commençaient à faire ce que je leur disais avant le match, ils respectaient les consignes que nous avions établies ensemble, et les résultats arrivèrent.

Ma première année d'entraîneur, nous jouions la finale régionale au Stadium de Toulouse, à 10 minutes de la fin, nous menions par deux buts à zéro, malheureusement notre gardien fit deux fautes grossières, ce qui permit à notre adversaire, le Toulouse Football Club, d'égaliser juste avant la fin et de nous battre ensuite à la série des tirs au but.

A ce sujet, un doute est toujours resté en moi, car la saison suivante notre gardien de but est allé jouer dans l'équipe du Toulouse Football Club qui nous avait battus et je n'ai jamais su si c'était vraiment par hasard que nous avions perdu ce match à cause de ses bévues.

Mes débuts de responsable d'équipe étaient une réussite, je ne pouvais donc que persévérer, d'autant que Vincent, mon fils, s'épanouissait au milieu de ses copains, et en plus de ses qualités de joueur qui étaient réelles, il me semblait devenir plus responsable, plus sérieux, plus travailleur aussi, et c'est à ce stade que je me suis rendu compte du côté éducatif du sport.

Dans le monde où nous évoluions à cette époque, les sollicitations pour les jeunes étaient énormes : télévision, cinéma, mobylette, surboums, ils étaient sollicités de toutes parts, et en plus, ils étaient leur maître dans bien des domaines : ils avaient leur argent de poche, conséquent en général, ils sortaient quand ils voulaient, rentraient de même, en un mot les trois quarts étaient totalement livrés à eux-mêmes et moi, à la place de tout cela, qu'est-ce que je leur proposais ?

D'abord la DISCIPLINE, car j'exigeais qu'ils soient à l'heure, l'OBÉISSANCE, car je voulais qu'ils exécutent mes ordres au doigt et à l'œil, qu'ils soient ALTRUISTES, à savoir que nous pratiquions un sport d'équipe et que, si on se « crevait » pour avoir un ballon, c'était uniquement dans le but de le donner à un partenaire.

La COLLECTIVITÉ était la base de notre réussite, car c'est ensemble que nous gagnions et c'est tous ensemble que nous perdions, moi compris ; le RESPECT DE L'ADVERSAIRE, car nous étions sur le terrain pour jouer, pour démontrer que nous étions les meilleurs, mais pas contre les autres.

ACCEPTER L'AUTORITÉ de l'arbitre, un véritable dictateur sur le terrain, il peut tout décider, il est le seul maître à bord ; la SOLIDARITÉ, il faut se soutenir les uns les autres, compenser les erreurs d'un partenaire.

APPRENDRE A SOUFFRIR, il est dur de s'entraîner par tous les temps, en été sous la chaleur, en hiver sous la pluie, le vent et le froid et, pour clore le tout, faire tous ces efforts GRATUITEMENT, pour soi et surtout pour le bien de l'équipe.

Ce n'est pas de l'assistanat, tel que nous le propose la politique actuelle, en 1992, c'est tout le contraire, c'est, je crois, essayer de s'élever par ses propres moyens pour devenir quelqu'un.

J'avais commencé d'une façon assez stricte, je pensais même quelquefois que j'étais trop dur, mais je crois avoir eu raison, car les gosses que j'ai eus pendant des années et qui sont maintenant des hommes, m'ont toujours un peu considéré comme leur père, car je crois que pour la plupart, j'ai été le premier adulte à leur dire NON ; auprès de moi ils ont été sécurisés.

En retour, ils m'ont apporté énormément avec leur affection, leur désir de bien faire, le respect que je lisais dans leurs yeux, j'étais vraiment très proche d'eux, je m'inquiétais de leurs résultats scolaires et de l'ambiance qui régnait dans la famille, à telle enseigne que pour savoir ce qu'avait leur fils, plusieurs fois des parents m'ont interrogé, je leur communiquais mes remarques, car moi j'étais au courant, pas eux.

Je connaissais même leurs petites amies qui, en douce et en se cachant, venaient à l'entraînement et que je priais de venir ouvertement avec nous, même dans les déplacements, car ainsi les garçons devant leur « petite » se défonçaient et augmentaient leurs performances, ce qui était tout bénéfice pour le rendement de l'équipe.

Vincent, dans cette ambiance, avait trouvé un équilibre et s'épanouissait, bien que vivant avec sa mère : entre-temps, nous nous étions séparés, ma femme et moi, et pour être tranquille, je présume, elle avait mis Vincent en pension à Salies-du-Salat où j'allais le chercher en voiture chaque samedi ; en rentrant, il me racontait sa vie au collège, ses copains dont un allait devenir un grand footballeur, Jean-Marc Ferratge ; il m'interrogeait sur l'équipe que nous allions rencontrer le lendemain, mais ne me demandait jamais s'il était compris dans la composition de l'équipe.

Il y avait une frontière entre le père et l'entraîneur, les deux ne se confondant jamais ; autant dans la vie il refusait toute réprimande, autant sur le terrain il se pliait instantanément à toutes mes exigences.

Une fois, ayant eu un mauvais geste sur le terrain, je l'ai puni d'un mois d'interdiction de match ; je me demandais, en tant que père, comment ça allait se passer ; je ne le vis plus pendant cette période ; le mois écoulé, il est arrivé normalement, a repris sa place, il savait que j'avais été juste et que la sanction avait été normale.

Je crois aussi qu'il était fier de son père.

Les résultats étaient là, nous gagnions tous les matches, l'ambiance dans l'équipe était joyeuse et complice entre joueurs et dirigeants, moi, j'étais le chef de cet ensemble, et à la fin de la saison, la grande finale régionale arriva, nous étions opposés à Saint-Martory, club formateur s'il en est, sous la houlette de M. Keulayan.

Le match eut lieu à Frouzins, en nocturne, et malheureusement sous une pluie battante. Les coupures de presse que j'ai retrouvées et relues parlent de :

« *Un des plus beaux matches joués par des jeunes avec des qualités physiques et techniques hors du commun et où malgré les intempéries, le spectacle fut de toute beauté, l'engagement total, le respect de l'adversaire constant, la rapidité d'exécution fut comparable à celle de joueurs chevronnés.* »

Nous prîmes tout d'abord l'avantage ; Saint-Martory égalisa ; puis Saint-Martory marqua sur penalty, tout de suite après nous égalisions de magistrale façon, le temps imparti écoulé, nous devions recourir aux tirs aux buts. J'avais envisagé cette éventualité et les garçons l'avaient travaillée.

J'avais mon idée sur les joueurs qui allaient tirer les penalties ; un seul m'inquiétait : la série des 5 tireurs commença, Saint-Martory rata le sien, nous réussîmes les trois nôtres, puis Patrick rata le sien, ce que je craignais, puis le joueur de Saint-Martory rata aussi son tir, en envoyant le sien au-dessus ; il nous restait à tirer une fois et si nous marquions, nous étions champions.

Pascal, que j'avais prévu en dernier car c'était un garçon calme et appliqué, me regarda, légèrement paniqué, je m'approchai et lui dis :

« Pascal, ce n'est qu'un coup de pied dans un ballon, ne me dis pas que tu n'en es pas capable. Un simple coup de pied ! »

Il sembla tout de suite rassuré, il s'élança et nous fûmes champions.

J'étais très fier car, pour la première fois de son histoire, Colomiers avait une équipe championne du Midi, et j'étais responsable de cette équipe. Mais à part l'explosion de joie, suite au tir victorieux de Pascal, il n'y eut pas de démonstrations excessives de joie ni de débordements d'allégresse !

Nous étions champions, mais c'était normal, nous avions travaillé, souffert et la consécration était la fin logique de cette équipe de copains.

De tous les événements qui venaient de se produire, il ressortait qu'une équipe était née, solide, talentueuse, solidaire, le Club me demanda de continuer à la diriger, et, pendant les deux années suivantes, bien que nous ayons changé de catégorie et que nous évoluions en Junior, nous avons été pratiquement invaincus, à part un match que nous avons perdu à Colomiers contre l'équipe de Fenouillet que nous avons dominée les 9/10e du match, mais qui, sur un contre, nous marqua un but. Ce fut notre seule défaite en deux ans ; nous prîmes d'ailleurs notre revanche, les battant chez eux par trois buts à zéro.

Nous fûmes aussi champions régionaux Gambardella, c'est-à-dire que nous avons remporté la coupe de France des jeunes, ce qui nous permit de sortir de notre région et d'aller jouer à Saintes, à Bayonne où, après des fortunes diverses, nous finîmes seconds de ce groupe national.

Après sept ans passés avec ces garçons, j'éprouvais le besoin de m'arrêter, de faire autre chose ; j'avais l'impression d'avoir tout donné et de ne plus apporter grand-chose. Aussi je passai mes pouvoirs à un autre entraîneur, M. Covacis ; mes garçons, au cours d'une cérémonie, me remirent une statuette représentant un footballeur et surtout avec une épitaphe gravée où ils exprimaient toute leur reconnaisssance : cela me fit chaud au cœur et la statuette est toujours chez moi.

Je pensais prendre un certain recul, mais j'avais marqué la région par les exploits de mon équipe ; sachant mon arrêt avec l'équipe de Colomiers, des propositions me sollicitant arrivèrent d'autres clubs ; je n'étais pas chaud pour continuer ce que j'avais fait, à la rigueur, il me fallait un challenge particulier.

Ce challenge se présenta en la personne d'un ami, un client à qui je vendais des emballages en carton et qui dirigeait un petit club dans la grande banlieue toulousaine, à Seysses.

Il voulait créer une équipe junior en regroupant les jeunes du pays qui, pour la plupart, n'avaient que rarement joué dans une équipe et n'avaient jamais eu d'entraîneur.

Après avoir dirigé la meilleure équipe de la région je m'imaginais être maintenant à la tête de la dernière. Je ne pensais pas me trouver, une fois après avoir accepté ce challenge, avec autant de problèmes sur les bras.

Je pense que j'aime la difficulté, j'allais être servi !

Le premier contact avec ces jeunes fut assez pittoresque. C'était la fin de l'été, les garçons étaient en négligé ou quasiment torse nu, la cigarette aux lèvres, l'air avachi, rigolant les uns des autres, se tapant sur les fesses.

Nous avions rendez-vous à 18 heures ; deux frères arrivèrent à 18 heures, auxquels des parents instituteurs avaient dû inculquer quelques notions d'éducation. Les autres s'échelonnèrent de 5 à 10 minutes. Je leur donnai un ballon pour qu'ils jouent en attendant que tout le monde soit là.

Je devais avoir 17 joueurs ; à 19 heures, 14 étaient arrivés, je les ai réunis et leur expliquai ce que j'attendais d'eux : mes principes sur la ponctualité, politesse des rois, sur la tenue, sur le tabac que j'excluais en ma présence, sur la volonté de faire quelque chose en commun...

Le discours les surprit ; il était 19 h 30 quand je commençai l'entraînement proprement dit, et il fut sévère. Une dizaine de tours de stade pour commencer que tous, malgré leur fatigue, durent accomplir ; puis, certains exercices pour découvrir leurs qualités techniques personnelles ; sur le coup de 22 heures, j'arrêtai : un silence épuisé nous accompagna jusqu'au vestiaire, je crois que les garçons venaient de se rendre compte que je ne plaisantais pas.

Rendez-vous fut pris pour le premier match le dimanche suivant. Départ à 9 h 30 ; nous allions jouer dans un village avoisinant. Le dimanche matin, vers 9 h 15, 4 ou 5 étaient là, l'œil torve, après une nuit de balloche ou de beuverie, quelques-uns suivirent ; à 9 h 30 nous étions 10, il en manquait 4. Tant pis, nous partîmes, devant l'ahurissement des parents et dirigeants qui nous accompagnaient pour ce petit déplacement.

Je précisai :

« Ceux qui sont là veulent jouer, les autres non.

On me répondit :

— D'habitude, on attend un petit quart d'heure.

— Les autres peut-être, mais moi pas. »

Et nous partîmes.

Tout en nous déshabillant pour le match, 2 joueurs arrivèrent en mobylette, prétendant se déshabiller pour jouer avec les autres. Je refusai et leur indiquai qu'après des excuses, ils pourraient jouer une mi-temps, ce qu'ils firent.

Le premier match avec ma nouvelle équipe débuta.

Je pense n'avoir jamais autant souffert sur un stade. Un de nos joueurs avait perdu le ballon, alors il donna des coups à son adversaire pour essayer de le reprendre, d'où bagarre entre joueurs ; après 2 ou 3 incidents de ce genre, la bagarre devint générale. Elle commença entre supporters, les vociférations des gens sur la touche étaient intenses ; un père, voyant son fils agressé, s'empressa d'enjamber la main courante pour voler au secours du cher petit, mais le père de l'agresseur s'interposa, coupant en diagonale la course du père vengeur, lui écrasa avec dextérité une bouteille d'eau minérale sur la tête, qui éclata avec un énorme « plouf ! ».

La femme et la mère de l'agressé, sentant le moment historique, se jetèrent héroïquement dans la mêlée, mais heurtant la boîte à pharmacie, s'étalèrent en hurlant, ce que voyant, les autres femmes jetèrent sur la troupe tout ce qui était à portée de leurs mains, ballons, chaussures, sacs de sport, etc.

Au milieu du pugilat, j'essayai de me faire entendre, mais un grand escogriffe vint vers moi, me priant de la boucler. Mon ami, M. Massé, ne lui laissa pas le temps de finir sa phrase, l'attrapant par-derrière, il l'immobilisa d'une clé au bras et le réduisit à l'impuissance.

Je m'accroupis, vu le nombre d'objets identifiés qui passaient au-dessus de ma tête, me disant : si j'étais payé, je ne serais certainement pas là. Les coups, maintenant, tombaient avec moins de force, la mêlée commençait à se disloquer un peu, et je m'engouffrai dans la faille pour séparer les deux camps, leur demandant s'ils voulaient que l'on joue au ballon ou s'ils préféraient que nous rentrions immédiatement à la maison. Je demandai aux dirigeants adverses leur opinion, devant la volonté nouvelle des uns et des autres de courir à nouveau derrière un ballon, la partie pouvait reprendre.

Après avoir cherché en vain l'arbitre, qui s'était enfui à travers champs dès les premiers coups et que nous n'avons jamais retrouvé, nous avons décidé un nouvel officiant qui, inconscient, accepta. Il y avait 10 minutes que le match avait commencé et il allait reprendre.

Je me sentais totalement dépassé, j'ai réuni mes joueurs et leur expliquai que la bagarre n'était pas le but de ce sport, mais seulement jouer avec un ballon et qu'à la première incartade, je sortirais le joueur coupable.

Le match reprit et nous perdîmes par 8 à 0.

Personne ne comprit que je félicitais les joueurs pour leur nouveau comportement alors qu'ils venaient d'encaisser 8 buts. Je dus faire un nouveau discours sur la tenue sur le terrain, le respect de l'adversaire, les lois du jeu et le côté formateur de la discipline. J'avais l'impression de prêcher dans le désert, d'autant plus que les spectateurs au bord de la touche continuaient à pousser les garçons à se battre et à « ne pas se laisser monter dessus ».

Je l'avoue, j'étais découragé, heureusement, mon ami, M. Massé, qui m'avait fait venir au club, poussa une grande « gueulante » vis-à-vis des spectateurs, et tout rentra dans l'ordre. Mais je me rappellerai toujours de mon premier match à Seysses.

Avec le temps, quelques progrès apparaissaient : les garçons me respectaient, commençaient à arriver à l'heure, essayaient de suivre mes directives avec plus ou moins de réussite, mais ils essayaient, ce qui était l'essentiel. Nous continuions nos matches qui se soldaient toujours par des défaites, mais les scores évoluaient : de 8 à 0 au début, nous ne perdions plus, maintenant, que par 3 à 1 ou 2 à 0. La différence diminuait avec nos adversaires, mais surtout, notre manière de jouer s'améliorait.

Puis un jour, le déclic : c'était contre Frouzins, village voisin et rival du nôtre. Nous sommes allés chez eux ; les garçons, pour la première fois, m'ont fait totalement confiance, ont exécuté mes consignes, la chance nous a peut-être souri, mais nous avons gagné par 2 à 0 alors que l'équipe contre laquelle nous venions de jouer évoluait 3 séries au-dessus de la nôtre.

La chose la plus drôle c'est qu'à la fin du match, en plus de la joie toute légitime, c'était la stupéfaction, au lieu de débordements de joie, il y avait un grand silence. Je crois qu'ils avaient pris conscience que ce que je leur apprenais était la vérité et que, depuis 3 mois que nous travaillions ensemble, les fruits commençaient à arriver, cela s'était fait naturellement, sans effort particulier.

Chacun avait fait son travail et le résultat était la somme du travail de chacun.

A partir de ce jour-là, les choses changèrent, et je fus vraiment un des leurs ; le respect que je lisais dans leur regard était une grande récompense. La saison se termina avec des hauts et des bas, mais les principes résistaient, les consignes s'exécutaient, quelque chose de nouveau arrivait, le plaisir de jouer ensemble, petit à petit une équipe naissait.

Le début de la saison suivante fut un peu laborieux : de nouveaux joueurs étaient arrivés, ces gens-là devaient se mettre au diapason, mais petit à petit les choses se mirent en place ; mon autorité était totale, mes ordres n'étaient jamais contestés, la saison démarra avec, dès le départ, des résultats et des scores qui me surprirent moi-même. Nous gagnions par 5 à 0 ou 6 à 1 presque à chaque match ; que ce soit à l'extérieur ou chez nous, la victoire était toujours au rendez-vous ; cette saison-là, je n'ai eu qu'un incident à déplorer.

Un de mes nouveaux joueurs, un Portugais du nom de Florès, excellent joueur mais qui se maîtrisait avec difficulté, eut un jour un geste inadmissible à mes yeux : il agressa un adversaire par-derrière, les 2 pieds en avant, lui faisant d'ailleurs très mal. Je ne pouvais laisser passer cela.

Je suis donc rentré sur le terrain, ai appelé Florès et, devant tout le monde, lui administrai 2 gifles en le priant de rentrer se rhabiller au vestiaire séance tenante. Le garçon devint livide et me cria :

« Jamais personne ne m'a touché, quand tu rentreras tout à l'heure, j'ai un couteau et je te ferai la peau ! »

Le match se termina, j'avoue qu'à mon retour au vestiaire je n'étais pas tranquille, mais rien ne se passa, il était rhabillé. Je lui dis que son attitude était inadmissible, que je le punissais d'un mois d'interdiction de match, et que je l'attendais un mois plus tard, à l'entraînement. Il partit en grommelant et en ricanant dans le silence de mort de l'assemblée.

Comme nous avions gagné, je minimisai l'incident ; le temps passant, un mois plus tard, je ne savais ce qui allait se passer, mais Florès arriva à l'heure dite, aucune allusion ne fut faite, ni par les uns ni par les autres, tous savaient que la sanction avait été juste.

Les jeunes détestent la faiblesse et l'injustice.

Quelques mois plus tard, ce garçon fut pris par la police pour je ne sais quel délit, ce n'était pas un ange, loin de là. Devant chercher une personne de moralité, il me téléphona, et je suis allé le sortir de la gendarmerie de Muret où il avait été incarcéré.

Dans sa détresse, il n'avait trouvé que moi pour l'aider, la seule personne qui l'avait giflé, mais il savait que j'étais aussi la seule personne sur qui il pouvait compter.

Ma deuxième saison à Seysses se termina avec un beau palmarès, nous avions fini la saison invaincus : maintenant, l'équipe était respectée, ce qui était le but principal, et je crois que les garçons avaient appris que la force ne résout pas tout, que l'intelligence est primordiale et que, avec la solidarité, l'effort, l'altruisme en plus, on arrive à faire de grandes choses. J'avais conscience aussi que j'avais eu beaucoup de chance et qu'il ne fallait pas tenter le diable, aussi j'arrêtai ma collaboration avec Seysses, d'autant qu'un problème grave se posait à moi et qu'il devait occuper toute mon attention.

Mon usine venait d'être expropriée et il fallait que tous mes instants soient pris par cette nouvelle entreprise.

Chapitre X

Colomiers, petite cité dans la banlieue ouest de Toulouse, avait 5 000 habitants quand nous y sommes arrivés en 1953, elle a connu depuis lors un développement exemplaire qui porte, en 1992, sa population à 30 ou 35 000 habitants, mais pour ce faire, il a fallu un plan directeur et une urbanisation appropriée, ce qui fait que l'usine que j'occupais était implantée dans un secteur que le nouveau plan avait prévu d'urbaniser, d'où l'avis d'expropriation que je reçus : il fallait prévoir notre déménagement, notre réinsertion ailleurs ou à Colomiers, une reconstruction ; surtout, il fallait discuter notre indemnité d'expropriation.

C'est donc à cette occasion que je fis la connaissance de M. Raymond, maire de Colomiers à cette époque et qui l'est toujours en ce moment, homme très compétent, très au fait de l'intérêt qu'il y avait pour lui que je reste avec mon industrie sur sa commune ; il m'indemnisait pour partir de là où j'étais, libre à moi de m'installer où je voulais, de garder l'indemnité ou de bâtir ailleurs.

Je dois dire qu'il mit tout en œuvre pour me garder, ce qui, pour moi et pour mon personnel, était la meilleure des solutions.

Cela me permit surtout de mieux connaître Alex Raymond, nous avons eu de nombreuses réunions le soir vers 21 heures, après notre travail à tous deux. Nous nous rencontrions à la mairie, les chiffres étaient étudiés et, après de nombreuses heures de discussions, nous finissions la soirée vers 1 heure du matin « Chez Félix », le bistrot de Saint-Martin-du-Touch où nous mangions une soupe au fromage. Nous n'étions pas de la même couleur politique, mais nous étions tous les deux très préoccupés des problèmes sociaux qui sont la base de notre temps ; il s'ensuivit un grand respect réciproque qui ne s'est jamais démenti, le temps passant.

Dernièrement, nous retrouvant ensemble un matin dans l'avion de Paris, il se mit à côté de moi et, après un agréable voyage, me voyant à la recherche d'un taxi pour aller à mes affaires, il me conduisit à sa voiture.

En tant que député, il avait droit à une voiture et un chauffeur, il me prit avec lui et m'amena jusqu'au lieu de mon rendez-vous, ce qui était une délicatesse que j'appréciai.

Plus tard encore, rentrant d'un voyage en Israël où il avait pris des diapositives, il me demanda de venir à une réunion où il avait convié quelques personnes pour que je lui précise certaines vues qu'il avait prises et qu'il ne savait plus bien situer. Etant allé plusieurs fois en Israël, j'étais plus à même que lui de préciser les divers lieux qu'il montrait.

A la suite de mes divers voyages en Israël et aux films que j'y avais faits, je devais me voir propulsé conférencier. Ayant fait une dizaine de voyages suite à la mort de mon père et ayant filmé à chaque fois diverses parties d'Israël, je les réunis dans un seul et même film d'une durée d'une heure et demie. Un de mes amis, Henri Molina, médecin qui s'occupait de cycles de conférences sur « Découvertes du monde », me demanda de présenter ce film et de faire une petite conférence d'introduction. Me voilà donc à nouveau promu conférencier, alors que j'étais d'une certaine timidité naturelle et que je n'avais jamais parlé en public.

Je vis arriver le jour où je devais me produire avec une grande appréhension. Je pensais que seuls quelques amis et connaissances, tous acquis à ma cause, seraient présents.

C'était sans compter sur le pouvoir de la presse.

M. Molina était à ses débuts de médecin et, pour mieux vivre, il était correspondant local de *la Dépêche* et avait écrit un article précisant que le soir même une conférence serait donnée avec projection de film sur : « Israël, terre de lumière » par M. Morzelle, mais une coquille s'est produite dans le libellé, le M. est devenu Mgr, soit Monseigneur, ce que voyant, toute la communauté religieuse de la ville s'était donné rendez-vous, et la salle des fêtes, pouvant accueillir 200 ou 300 personnes, s'est révélée trop petite.

Je me suis retrouvé devant une foule énorme avec des gens debout. Au milieu de mon inconscience, je me suis lancé sans faiblir et, après une introduction où j'ai réfuté le titre que par erreur on m'avait attribué, j'ai présenté pendant une demi-heure environ le film dans un contexte général.

Il comportait quelques passages personnels sur la tombe paternelle, ce qui ne devait pas laisser trop insensibles les gens du pays qui voyaient la tombe de l'un de leurs compatriotes en terre lointaine.

Le film, par chance, ne cassa qu'une fois, en effet c'était évidemment moi qui l'avais collé bout à bout sans aucun souci de présentation, je n'aurais jamais pensé qu'il pût être vu par d'autres personnes que la proche famille. J'ai dû néanmoins relativement bien m'en sortir puisque, à la fin de la projection, des gens sont restés pour me poser des questions sur Israël et sur la Terre sainte, et je le fis avec plaisir.

Le curé, ne voulant pas être en reste, me demanda :

« Faites donc une séance pour les écoles religieuses de la ville.

Ce que je fis la semaine suivante. Je lui demandai :

— Pourquoi êtes-vous venu aujourd'hui ?

— Je ne connaissais pas ce Monseigneur qui parlait d'Israël, et je voulais faire sa connaissance. »

Comme quoi les erreurs typographiques d'un journal ont valu une séance cinématographique aux religieuses du couvent Sainte-Thérèse de Colomiers et à leurs élèves, ce qui ne me gêna nullement, et, pour me remercier de ma prestation, elles sortirent les gâteaux secs et le mousseux, ce qui agrémenta certainement leur ordinaire.

Chapitre XI

Je suis allé de nombreuses fois en Israël, tout naturellement pour me recueillir sur la tombe de mon père, dans son jardin. Petit à petit, les motivations changèrent, il ne fut plus question que d'aller à Jérusalem, dans cette communauté religieuse où nous étions reçus comme chez nous, car mon père est inhumé dans le cimetière des religieux assomptionnistes, qui sont à Jérusalem depuis un siècle et ont pour tâche principale de guider les pèlerins qui viennent en Terre sainte et c'est avec eux, ou plus exactement avec l'un d'entre eux, que j'appris à connaître et à aimer ce pays dans son ensemble, mais aussi et surtout certains détails que l'on ne peut montrer ou dire aux pèlerins.

Cet homme n'est pas un père, il n'est pas prêtre, c'est un frère : le frère François Haas, frère hollandais qui a la particularité de parler sept langues : hollandais, anglais, allemand, français, arabe, hébreu, italien, et je le soupçonne d'en connaître certaines autres ; c'est un personnage extraordinaire que tout Israël connaît car il est là depuis 1929.

Pendant la guerre israélo-arabe, il a ravitaillé l'ambassade de France, chaque soir amenant des vivres à la colonie française et traversant les lignes habillé en arabe du côté arabe et en juif du côté juif, rampant sur des centaines de mètres sous les balles ; grâce à lui, une quarantaine de personnes ont pu survivre, à ce titre il fut fait Chevalier de la Légion d'honneur par l'ambassade de France.

Frère François sous l'uniforme arabe
alors qu'il risquait sa vie toutes les nuits pour passer la frontière.

C'est cet homme qui, constatant lors de son inhumation, que mon père avait le ruban rouge de la Légion d'honneur, est allé chercher la sienne et l'a épinglée sur la poitrine de mon père avant son inhumation, pour qu'il soit glorifié par les humains avant de partir. De pareils gestes ne s'oublient pas et méritent de ma part une profonde reconnaissance.

Larry Collins et Dominique Lapierre nous parlent du frère François, dans leur livre *O Jérusalem* :

« *Au sein des cent mille affamés de Jérusalem, ils étaient quarante et un que le ciel épargnait. Cette petite communauté tenait bon, sous les feux croisés des arabes et des juifs, grâce à une source privilégiée de ravitaillement.*

« *Par des voies tortueuses qui traversaient le champ de bataille, un frère assomptionniste réussissait à leur faire parvenir les produits de la petite ferme qu'il exploitait autour de l'église Saint-Pierre en Galicante, sur la pente du mont Sion, là même où saint Pierre s'était repenti d'avoir renié Jésus. Ces bénédictions de bouche allaient aux Français du consulat de France.*

« *Le frère François voulut un jour offrir à ses compatriotes les victuailles les plus raffinées qu'il possédât. Il enferma trois cochons de lait dans un sac et prit le chemin de la colline du Mauvais Conseil où devait l'attendre un envoyé du consulat. Mais l'évasion d'un des cochons déchaîna contre le malheureux ecclésiastique la colère de la population arabe, outragée par l'apparition de cet animal impie. Plus mouvementée encore fut l'arrivée du religieux sur la colline du Mauvais Conseil. N'ayant pas trouvé l'envoyé du consulat, il s'adressa au kibboutz voisin. Deux sentinelles de la haganah se jetèrent sur lui, mitraillette aux poings. Dans sa précipitation, le saint homme avait simplement oublié de retirer le keffieh dont il s'était coiffé pour traverser le secteur arabe. Bien plus que ses protestations en français, les cochonnets convainquirent cependant les soldats israéliens de sa neutralité. Ces animaux étaient, en effet, plus impurs encore pour les juifs que pour les arabes. Les mem-*

bres du consulat de France leur firent pourtant, quelques instants plus tard, un accueil triomphal. »

C'est cet homme qui m'a fait découvrir Israël Etat juif, d'une part, et les Lieux Saints de l'autre ; il me les a fait connaître comme ne les perçoivent pas les touristes et les pèlerins. J'ai eu la chance de parcourir certains endroits qu'honorent les croyants mais avec une approche et une vision particulières, dépouillées de toute sacro-sainte religion, et la vision qu'on en a ensuite est toute différente, mais tout aussi respectueuse.

Je vais essayer d'en donner quelques exemples.

Pour comprendre l'historique et la précision d'un lieu saint, quel qu'il soit, il faut se rendre compte que la place précise de la maison de Jésus à Nazareth, la via Dolorosa que le Christ a traversée portant sa croix à Jérusalem, que l'endroit où Jean-Baptiste a baptisé Jésus dans le Jourdain, ont été indiqués par sainte Hélène, mère de l'empereur Constantin, César romain et première mère chrétienne d'un César.

Mais à quelle époque vécut Constantin ?

La bibliographie de l'homme le situe entre 280 et 337, et il fut empereur entre 306 et 337 de notre ère. Alors que son fils était tout-puissant, Hélène, sa mère, qui devait devenir sainte Hélène, se rendit en Terre sainte et, voulant remettre ses pas dans ceux du Christ, chercha les endroits où eurent lieu les principaux faits marquants de Sa vie ; mais ce fut fait 300 ans après la mort de Jésus, ce fut donc très approximatif. De nos jours, une marge d'erreur existe sur l'exactitude des lieux où sont élevées des basiliques pour commémorer tel ou tel événement : elles sont érigées à quelques centaines de mètres près.

A l'heure actuelle, la grotte de Lourdes est bien à l'endroit de l'apparition, mais le lieu de l'agonie du Christ à Gethsémani où trône une magnifique église avec un splendide fronton, bâtie sur la pierre où Jésus a prié et pleuré la veille de sa mort, est très aléatoire quant à l'exactitude de l'endroit, et cela n'est qu'un exemple parmi tous ceux que l'on pourrait recenser.

C'est comme si, à notre époque, on devait avec une précision absolue indiquer l'emplacement d'événements de 1690 ; encore que nous avons de la chance, car à ce moment-là Louis XIV régnait, il y avait des châteaux, le Louvre... mais peut-on dire avec précision que c'est à cet endroit que Louis XIV chassait en forêt de Fontainebleau, ou que c'est ici qu'il donna la main à Marie-Thérèse, sa fiancée, qu'il était venu attendre sur la Bidassoa ; ou que Napoléon se tenait sur tel mamelon pendant la bataille d'Austerlitz, un siècle plus tard.

Or, nous avons des cartes, des écrits, des peintures, des documents, mais en ce temps-là, comme disent les Evangiles, il s'est passé quelque chose, c'est vrai, car ce pays respire l'étrange et le surnaturel, mais quant à en préciser l'endroit exact, il faut le voir avec les yeux de la foi, avant tout.

A ce sujet, frère François m'a raconté une histoire pour indiquer la foi mais aussi le fanatisme de certains pèlerins :

« Faisant visiter le Cénacle, maison haute où se fit la Pentecôte et où le Christ apparut le jour de Pâques à Marie et aux apôtres, j'indique à un groupe de pèlerins que c'est vraisemblablement ici que le Christ est apparu et une bigote de l'assistance me demandait dans quel endroit exactement, alors je lui explique que ce devait être dans cet endroit, ou dans celui-là, mais que je ne pouvais le dire avec plus de certitude.

« Mais la bonne femme revenait sans cesse à la charge pour savoir le lieu précis ; ne sachant que répondre et pour m'en débarrasser, je lui déclarai :

"Vous voyez, Madame, le Christ a posé ses pieds sur cette pierre, et je peux vous l'affirmer, j'y étais !"

« Sans se préoccuper le moins du monde de l'incongruité du propos, la brave dame s'est jetée sur la pierre, l'a embrassée avec dévotion et componction ! »

Comme quoi on peut faire et dire n'importe quoi à des gens qui sont prêts à tout entendre et à tout croire.

En ce qui concerne Jérusalem, il y a deux endroits dont on soit sûrs, c'est le chemin au fond du jardin de Saint-Pierre en Galicante qui était, à l'époque, le seul chemin reliant la ville haute à la ville basse ; donc, le Christ y est passé, c'est certain ; ensuite, c'est le Golgotha, endroit où le Christ est mort en croix, à cet endroit il existe une fente dans la pierre que l'on ne s'explique pas et qui est recouverte d'une glace ; peu de gens la connaissent, cette fente de la pierre dans laquelle devait être fixée la croix vraisemblablement...

Tous les écrits relatant l'agonie de Jésus disent qu'au moment de sa mort il y a eu un tremblement de terre et que la pierre s'est fendue. Mais elle se fend, en général, suivant des lignes géologiques, alors que la brisure, elle, suit une ligne qui n'est pas géologique, et on ne s'explique pas pourquoi elle est dans ce sens. J'ai eu la chance de voir cette brisure grâce au frère François, car peu de pèlerins vont dans cette basilique qui enserre le Golgotha et le Saint-Sépulcre et ne voient donc pas cet endroit précis qui reste de tout l'édifice le lieu le plus énigmatique.

Dans la grotte de la Nativité, à Bethléem, l'endroit où est né Jésus est marqué d'une étoile, or, il y a un renfoncement dans la grotte, mais pour la commodité de l'acheminement des pèlerins, ils descendent d'un côté et remontent de l'autre ; cette étoile est mise au bas des marches ; mais il est bien certain qu'aucune femme n'accoucherait en plein vent et en plein courant d'air et que le renfoncement de la grotte est certainement l'endroit où Jésus est réellement né, si toutefois c'est bien dans cette grotte-là.

Nous sommes trop cartésiens, nous voulons trop tout démontrer, tout expliquer ; ici ou là ? L'important est de savoir que Jésus est né, qu'il est né à Bethléem, et c'est là l'essentiel, la date elle-même est sujette à caution. Mais quelle importance !

Il faut croire que sur cette terre de Judée il s'est passé quelque chose et lorsqu'on est là-bas, on est certain qu'il s'est passé quelque chose, car c'est une région hors du commun.

Ce pays, je l'ai bien connu, bien visité du nord au sud, je vais essayer de vous le décrire.

Après l'atterrissage à Lodd Ben Gourion, nous prenons la voiture pour monter vers le nord par le bord de la mer, avec comme premier arrêt Césarée, adorable petit port romain, d'où son nom et son minaret, avec également ce merveilleux aqueduc romain à peine dégagé pour que le sable qui le recouvre continue à le protéger et ses ruines romaines où subsistent encore, face à face, deux statues d'Apollon, l'une en marbre, l'autre en porphyre.

Remontant, on arrive à Acco, Saint-Jean-d'Acre pour nous, en ayant passé Haïfa car à part le mont Carmel, première vision qu'ont les immigrants lors de leur arrivée par mer, et son jardin persan, Haïfa est un gros port avec sa zone industrielle, ses cuves à pétrole, mais en face, de l'autre côté de la baie se trouve Saint-Jean-d'Acre, beaucoup plus intéressante avec sa vieille ville, son château fort, qui fut édifié par les croisés venant d'Europe, c'est le premier contact avec les croisés ; en face du château existe une adorable petite mosquée blanche avec son petit minaret, son calme, ses fleurs, des roses surtout, c'est un véritable havre de paix, on entend les voitures klaxonnant dans la ville toute proche, mais on se sent terriblement bien.

Puis on voit le petit port de Saint-Jean-d'Acre. Où aborda qui ? Mais Napoléon, bien sûr, qui commençait sa campagne d'Egypte, mais ne put jamais prendre la ville, pas plus que Richard Cœur de Lion, d'ailleurs ; seul, Philippe Auguste la prendra et on est surpris de se trouver là où sont passés tant de grands hommes de notre histoire. Sur les remparts, face à la mer, dominant la ville, on trouve des canons, par curiosité je les ai examinés de près et j'ai lu, avec étonnement : Fabrique d'Armes Le Creusot, c'était un canon français. La France laisse sa civilisation un peu partout !

Allant vers Nazareth, nous traversons Megiddo, place forte dominant la plaine où des combats sanglants entre Perses et Egyptiens eurent lieu et on se rend compte que, depuis l'origine des temps, on s'est battu dans cette région et que de nos jours encore, le fusil parle et les balles tuent.

Nous rentrons en Galilée, région verdoyante avec, comme toile de fond, les sommets enneigés des monts du Liban, dominés par le mont Hermon, car la frontière est toute proche, quelques kilomètres à peine et on arrive à Nazareth. De quelque côté que l'on arrive dans cette ville, c'est le choc et on se demande comment on a pu laisser construire une énormité pareille : la basilique de l'Annonciation. Elle est surmontée d'une horreur en béton voulant être un phare, symbolisant le Christ éclairant le monde.

C'est une incongruité dominant ou, plus exactement, écrasant la ville où Jésus a vécu pauvrement.

C'est une ville à 90 % arabe, arabes chrétiens pour la plupart, mais pauvres comme la majorité des gens qui vivent là et qui voient à longueur de journée cette chose qui a coûté des milliards aux franciscains, maîtres d'œuvre de cette erreur psychologique monumentale.

Je préfère de beaucoup le petit cloître des clarisses où le père de Foucauld vécut de nombreuses années en contemplation et y fonda l'ordre des Sœurs du père de Foucauld.

Visite aussi à la synagogue moderne qui a été construite, soi-disant, sur l'emplacement de l'ancienne synagogue où Jésus, enfant, devait faire ses classes. Mais que dire des églises bâties sur la maison où Jésus a vécu, sur l'atelier de Joseph… cela semble dérisoire ; ce qui importe c'est que cette ville arabe où Jésus a vécu garde un cachet remarquable, ce qui compte c'est l'ensemble de la ville juchée sur une petite colline, au fond d'une cuvette ; ce qui compte, c'est la fontaine naturelle qui coule depuis une éternité, et le cadre dans lequel elle est ; c'est cela qui compte et qui est le plus émouvant.

Vers l'est, une vallée nous guide vers Tibériade et son lac situé à quelques kilomètres, mais avant d'y arriver, nous traversons un adorable petit village arabe, niché au pied d'une colline, c'est Cana, où, d'après les Ecritures, lors d'un repas de noces, le Christ voyant que l'hôte n'avait plus assez de boisson, changea l'eau en vin ; ce qui est réconfortant, c'est que le Christ, lors de son premier miracle, se préoccupait de nos contingences matérielles, ce qui prouve qu'il devait savoir vivre. Sauf le respect que je lui dois, cela me le fait sentir très humain !

Quelques kilomètres plus loin, nous descendons vers Tibériade, car la ville et le lac sont à 165 mètres en dessous du niveau de la mer. Il y fait, dans la journée, une chaleur toujours un peu moite, mais quelle émotion quand on y arrive.

Le paysage n'a pas changé depuis 2 000 ans !

Il est sublime : le lac dans le fond, la ville de Tibériade accrochée à flanc de montagne, les monts de Moab à l'horizon, en face une chaîne de montagnes avec un plateau bien dessiné, le fameux plateau du Golan, théâtre de combats sanglants, puis une cassure dans la montagne ; à gauche la Syrie, à droite la Jordanie, ici Israël, les montagnes du Liban sur la gauche ; ici se joue, comme toujours, une partie du sort du monde.

Que dire des petites cités le long du lac, où celui qui connaît un peu les Ecritures retrouve son catéchisme : Capharnaüm ; Tagba et la multiplication des pains ; le mont des Béatitudes avec une chapelle à coupole style Mussolinien, pas très belle, mais avec un cloître extérieur : le soir, c'est une réelle béatitude que de regarder le soleil se coucher et la lune monter dans le ciel avec les montagnes rougies par le coucher du soleil, et la lune qui fait miroiter le lac et cette Galilée verte, un véritable jardin où partout on ressent le calme et la sérénité.

De nombreux kibboutz sont installés et, en particulier, celui d'En Guev, avec son auditorium de musique où tous les grands solistes du monde sont venus jouer ; il est dominé par le plateau du Golan, où les Palestiniens tiraient sur les colons qui travaillaient dans les champs en dessous comme sur des cibles et, vu le nombre de tués, les Israéliens ont pris 15 kilomètres du plateau, vers Damas, ainsi, on ne peut plus leur tirer dessus.

Le Golan et Jérusalem sont les deux centres que les Israéliens ne rendront jamais. L'un est stratégique, l'autre religieux ; la bande de Gaza, la Cisjordanie feront peut-être l'objet d'un marchandage, mais Jérusalem et le Golan ? A mon avis, jamais !

Tout autour du lac, on relit l'histoire sainte et au sud du lac sort une rivière, c'est le Jourdain, là aussi cela fait un choc de voir cette rivière que tout le monde connaît ou dont on a entendu parler.

Il m'est difficile de parler en détail de Tibériade, mais allez-y et vous aurez, comme moi, le sentiment qu'ici il s'est passé quelque chose de grand, de fort, que c'est un endroit sanctifié, particulier, un endroit vraiment béni des dieux, et cela, que l'on soit croyant ou non croyant.

Le frère François me racontait qu'il a fait visiter le mont des Béatitudes à de nombreuses personnalités, le roi des Belges entre autres.

Un jour, il y était avec Jean-Louis Barrault et Madeleine Renaud. A chaque lieu saint, il y a, écrit en plusieurs langues, le récit de ce qui s'est passé, et au mont des Béatitudes où le Christ a dit : « Bienheureux les simples d'esprit car le ciel leur appartient ; Bienheureux les affligés car ils seront consolés... », le frère François a présenté la litanie en français à Jean-Louis Barrault en lui disant : « Je vous en prie, lisez-le, vous avez beaucoup plus de talent que moi pour lire ce passage. »

Le soir commençait à tomber, une demi-obscurité envahissait le lieu, Jean-Louis Barrault a commencé à lire à haute voix et au bout d'un moment, bien qu'ayant dit qu'il était athée, n'a pu continuer et s'est mis à pleurer, en disant qu'il n'avait jamais ressenti une émotion aussi forte.

C'est vrai que c'est un endroit magique.

Mais je continue le récit de mon périple : on pique droit au sud maintenant et on rentre en Samarie, actuellement la Cisjordanie avec Naplouse comme capitale de l'enclave palestinienne ; la particularité de la route qui file toute droite vers le sud est qu'elle fait frontière entre la Jordanie et Israël ; à droite, c'est Israël, cultivé jusqu'au bord du fossé, c'est un jardin ; de l'autre côté c'est la Jordanie : un désert de sable.

C'est le seul endroit au monde où on peut voir concrètement une frontière.

Au bout du chemin, on arrive à Jéricho, oasis avec des fontaines, des eucalyptus et le désert du Néguev qui commence à se montrer. Evidemment, on ne peut s'empêcher de penser aux trompettes de Josué faisant tomber les murs de la cité ; des fouilles archéologiques se font en permanence car tout le pays regorge d'histoire, depuis des millénaires cette terre a été l'enjeu des hommes et on s'est battu pour elle.

On peut rejoindre le Jourdain, il y a un bief, et on s'accorde à penser que c'est bien là que le Christ fut baptisé. Peut-être ! Pourquoi pas ?

On change de cap : plein ouest, on remonte vers Jérusalem car la ville est haut perchée à 700 mètres d'altitude, j'y ai vu neiger à Pâques, cela est une notion qui surprend, on ne s'y attend vraiment pas.

De Jéricho à Jérusalem, la route traverse un véritable désert de sable et de pierres, tout est minéral, seules quelques tentes noires écrasées de chaleur avec quelques chèvres autour. Les bédouins sont les seuls habitants que nous croiserons dans cet immense désert aux couleurs ocre, brunes, rouges, d'une grande majesté, c'est très beau, très difficile à décrire aussi.

Un village près de Jérusalem : Béthanie, cela ne vous dit pas grand-chose, c'est le village de Lazare, l'ami du Christ qu'il a ressuscité en son temps ; il faut arriver à Jérusalem, par Béthanie, en fin d'après-midi, presque au coucher du soleil, le spectacle est garanti : on monte assez, arrivé en haut de cette côte, lorsque l'on bascule de l'autre côté, c'est un coup de poing dans l'estomac : Jérusalem est là.

L'esplanade du Temple, sous nos yeux, la mosquée d'Omar avec son dôme fait de plaques d'or qui resplendit au soleil, le Pinacle, l'angle du temple de Salomon et la ville entière qui s'étend, remonte de l'autre côté de la colline.

C'est une des grandes émotions de ma vie que d'avoir découvert cette ville mythique, et de la découvrir si belle, si rayonnante, je m'imaginais ce qu'ont pu ressentir les premiers croisés qui la virent ainsi la première fois ; tous leurs malheurs, toutes leurs fatigues, toutes leurs blessures durent être instantanément oubliés devant tant de beauté.

C'est cette ville qui me fit « hadj », à savoir saint en musulman, car elle est la deuxième ville sainte du monde musulman après La Mecque, mais avant Médine ; or, celui qui a fait un pèlerinage dans un lieu saint musulman devient « hadj ».

A Jérusalem, toutes les religions sont là, tous les cultes sont pratiqués ; on ne peut citer tous les rites : juifs, musulmans, chrétiens, latins, grecs et abyssins, éthiopiens, orthodoxes, on n'en finirait plus. Chacun a son territoire dans les Lieux Saints, marqué par un tapis qui délimite le sol et qu'il faut garder avec gourdin à l'appui, sinon le voisin qui vous l'a pris après le coucher du soleil le gardera.

On ne s'attend pas à ça quand on sort de notre bien-aimée Eglise catholique et romaine et que l'on arrive pour la première fois à Jérusalem ; on se sent tout petit, un parmi les autres, mais un qui est venu, comme les autres, prier pour ce qu'il croit être son Dieu.

Car chacun prie son Dieu : le juif, le musulman, le catholique, le maronite, le grec ou l'anglican, mais en définitive... quel Dieu ? Prie-t-on celui qui est là ? je suis bien certain que c'est le même.

Il est réconfortant de voir le monde entier converger vers Jérusalem, se battre pour elle, pour avoir un bout de tapis en plus ; mais, en somme, on ne peut mieux exprimer sa foi et son espérance.

Que dire de la visite de la ville ? C'est le souk, toutes les races sont là, toutes les langues se parlent, tous les costumes se portent, toute l'humanité est là et c'est l'essentiel : nous sommes venus, nous avons prié, nous avons vu, et nous sommes partis apaisés et heureux.

Pour moi, j'ai un sentiment supplémentaire de joie, mon père est là, lui aussi, enterré maintenant d'une manière définitive dans la crypte des pères, en face de l'église Saint-Pierre en Galicante, autrement dit Saint-Pierre au chant du coq, là où Pierre a renié pour la troisième fois le Christ, avant que le coq ne chante ; curiosité supplémentaire : mon père s'appelle Pierre, il est donc là chez lui !

Je ne suis pas là pour décrire la ville avec ses remparts majestueux illuminés le soir, avec ses deux splendides mosquées : la mosquée d'Omar sur l'esplanade du Temple, la mosquée El Aqsa, dans son petit coin, au milieu d'un jardin surplombant le Mur des lamentations, tout ceci formant un immense ensemble où arabes et juifs sont intimement mêlés dans un même culte et une même prière, autour d'un même temple, celui de Salomon.

Ce Mur des lamentations est maintenant dégagé ; autrefois, les maisons arabes étaient à son contact ou presque, les bulldozers israéliens ont eu vite fait de le dégager, et c'est maintenant une esplanade qui est devant lui, avec un côté hommes et un côté femmes, comme les musulmans où on voit les haizidims avec leurs rouflaquettes, leur costume de croque-mort et leur bonnet de fourrure, secte très virulente, qui dodelinent de la tête devant ce mur au nom duquel tant de lamentations eurent lieu.

Salomon, lorsqu'il construisit ce temple, ne pensait pas que ses fondations serviraient à cela.

Mais à part la vieille ville enserrée dans ses remparts, avec ses rues tortueuses pavées de grosses pierres polies par le temps, le reste de l'agglomération est une grosse ville ordinaire.

A certains égards, on y trouve aussi des bâtiments ultramodernes comme l'université hébraïque, où on peut voir les fameux Manuscrits de la mer Morte, trouvés à Qouram par un berger à la recherche d'une chèvre perdue et qui, pénétrant dans une grotte, découvrit des jarres abandonnées. Des archéologues, ayant appris la chose, découvrirent à l'intérieur de l'une d'elles les fameux Manuscrits. C'est ainsi que le bâtiment qui les abrite maintenant a la forme d'une jarre avec son chapeau pointu, bâtiment blanc, se profilant sur un mur noir pour faire ressortir la Vérité face à l'Ignorance.

L'hôpital Haddassa, construction avant-gardiste, qui a dans son enceinte une petite synagogue ultramoderne qui possède les plus merveilleux vitraux modernes qui soient au monde, signés Chagall, qui représentent les douze tribus d'Israël, travail sublime, avec des tons de bleus et de verts de toute beauté.

Il faut voir aussi dans le temple de David, sur le mont Sion, le Mémorial du Martyre juif, où les camps de concentration sont tous évoqués, photos à l'appui, où de petites lampes brûlent en permanence ; cela fait froid dans le dos de savoir jusqu'où la barbarie des hommes peut aller, on comprend mieux que ce peuple, tyrannisé et pourchassé depuis sa création, désire une patrie et veuille la défendre jusqu'au bout.

Ils n'ont que ça, ils sont dos au mur ou plutôt dos à la mer, sont en guerre d'une façon permanente et sont prêts à chaque instant.

Des patrouilles formées d'hommes et de femmes font partie de la couleur locale et sillonnent la ville à tous moments ; dans chaque hôtel, des groupes armés font partie du personnel d'accueil, mais on s'y habitue très bien car on sait qu'ils luttent pour leur survie.

Que dire de la fouille à l'aéroport Ben Gourion, celui qui n'y est pas passé n'a jamais été fouillé : tout est épluché, vérifié, démonté, regardé, depuis le tube dentifrice jusqu'au portefeuille, papier par papier, sous-vêtements, linge sale, valise, parois de la valise : tout est examiné. N'ayez jamais un réveil, car automatiquement le préposé à la fouille le fera tomber en s'excusant, mais si c'est une bombe, elle sera détraquée, donc inutilisable.

Avez-vous entendu qu'un avion israélien ait été détourné ? Jamais. Tôt ou tard, ils s'entendront avec les Palestiniens, car il n'est pas réaliste de vivre en guerre de façon permanente.

Ces considérations faites, je reprends le cours de mon périple. Nous quittons Jérusalem, direction le sud et la Jordanie que nous allons longer, avec arrêt à Qouram pour visiter les ruines de l'ancien monastère, mais surtout voir les grottes où on a trouvé les fameux Manuscrits. Toujours en descendant, nous longeons le Jourdain, qui pénètre dans la mer Morte et y disparaît.

Nous sommes à 400 mètres en dessous du niveau de la mer, la chaleur est étouffante quelle que soit la saison, on a peine à respirer, attention à celui qui se baigne dans cette mer salée à outrance, la densité est différente de celle d'une eau de mer normale, un homme y faisant la planche ne pourra éviter que sa tête ne s'y enfonce, la tête étant la partie la plus dense de notre corps, et souffrances pour celui qui ne peut se doucher rapidement à l'eau douce, tout le sel concentré sur la peau s'y dépose et pétrifie tout ce qu'il touche, il n'y a qu'à voir le paysage de désolation, de bois et de rochers pétrifiés, vision apocalyptique, mais nous sommes près de Sodome et Gomorrhe, qui d'après la légende furent détruites par le feu du ciel et où on voit la forme pétrifiée de Ruth, sécrétion de roche à forme humaine.

Bien qu'il y ait maintenant des sources thermales et des centres de thalassothérapie pour soigner certaines affections, on est content de sortir de cet endroit un peu terrifiant pour découvrir sur la hauteur une énorme forteresse : Massada.

Massada, ville symbole de la vaillance du peuple juif dont la garnison assiégée par les Romains et à bout de ressources, préféra se suicider collectivement plutôt que de se rendre et, actuellement, les promotions d'officiers de l'armée israélienne viennent à Massada recevoir les épaulettes de leur grade et jurer : « Plus jamais Massada ! », ce qui donne une certaine vigueur au serment.

Que dire de la montée à pied que j'ai faite depuis Arad, ville voisine, jusqu'en haut de la citadelle au soleil couchant à cause de la chaleur et où en montant le chemin escarpé et mal empierré on voit encore l'emplacement marqué des camps romains qui enserraient la ville ; et une fois en haut, au bord de la falaise, le spectacle saisissant de la fin de la mer Morte et de cette plaine qui s'étend jusqu'à la mer Rouge et où foncèrent les troupes de Lawrence d'Arabie jusqu'à Aqaba que l'on situe, au loin, dans le couchant ! Quel spectacle que l'on n'oublie pas pourvu que l'on ait un peu d'imagination, car c'est la route que l'on prend pour aller toujours vers le sud découvrir cette mer Rouge où c'est l'été perpétuel.

En empruntant cette route du sud, dans un désert aride, caillouteux et plat, seulement bordé d'un côté par les montagnes jordaniennes, nous rentrons pour la première fois dans le Néguev : tout est aride, ocre, sans un arbre, pas une tache verte, tout est minéral et le soleil par-dessus tout ça, on a l'impression d'une fournaise, mais que de beautés !

Le frère François me dit de m'engager sur le chemin qui, à droite de la route, s'enfonce à travers des collines brûlées et peu hospitalières ; après quelques kilomètres de cahots, de gymkhanas à travers des blocs de rochers, nous arrivons à une espèce de carrière bouchée par d'énormes rochers rouges de plusieurs dizaines de mètres de hauteur, on dirait des éléphants, face à nous, les uns contre les autres, puis, tout autour de nous, des entonnoirs de 50 à 60 centimètres creusés dans le sol, disséminés un peu partout, il y en a des centaines et le frère François m'annonce :

« Voilà les mines du roi Salomon, les vraies, c'était des mines de cuivre et les petits creusets que vous voyez sont d'anciens fourneaux où ils faisaient fondre le minerai, d'ailleurs, regardez, on voit encore les cendres au fond de chaque trou. »

Déception peut-être car on s'imagine des mines d'or, des richesses inouïes, mais émotion aussi d'être dans un endroit aussi mythique.

Et moi, Jean Morzelle, petit banlieusard toulousain, je me trouve au milieu des mines du roi Salomon ! Fabuleux, non ?

Nous repartons après cette émotion nouvelle et arrivons à Elath, ville israélienne sur la mer Rouge, seule ville sur la bande de 7 kilomètres que possède Israël en cet endroit, mais, là encore, quel spectacle ! Nous voyons toute proche, avec ses minarets, la ville d'Aqaba en Jordanie, les montagnes qui barrent l'horizon : l'Arabie Saoudite, le golfe d'Aqaba, devant nous, plein ouest et à droite les montagnes d'Egypte au début du Sinaï.

Le soir se couche, le soleil s'enfonce en plein milieu du golfe, à l'horizon, et éclaire les montagnes de Jordanie et d'Arabie Saoudite qui deviennent toutes rouges et ces montagnes se reflétant dans la mer la font paraître rouge, d'où son nom que je comprends maintenant après l'avoir vu.

Elath, des hôtels, une plage, un petit aéroport si près de la route que lorsqu'on est en voiture et qu'un avion se pose, tout le monde baisse la tête ; la seule curiosité vraiment à voir est l'aquarium. Au bout d'une jetée d'une centaine de mètres qui s'avance dans la mer, un gros tube avec un escalier central pour descendre et divers paliers pour s'arrêter, de très gros hublots, et c'est tout.

Il y a tant de poissons ici qu'ils sont partout, tout autour, de toutes les formes, de toutes les couleurs et quand on y pense, c'est nous qui sommes dans le bocal et ce sont les poissons qui viennent nous voir. C'est une véritable féerie que de voir ces divers poissons en totale liberté.

Le temps presse maintenant, nous devons rentrer, donc, cap au nord direction Beersheba, ce qui signifie en arabe Porte du désert, dans l'autre sens, bien sûr, car pour nous, il y a un moment que nous sommes dans le désert ; mais il faut bien calculer son coup, car Beersheba est à 400 kilomètres et il n'y a qu'une seule pompe à essence sur le trajet, à mi-parcours environ, nous devrons impérativement y arriver avec ce que nous avons à bord.

Le temps ce matin est plus frais, il y a du vent et, après une heure de route, le vent forcit vraiment et ce qui devait arriver survint, dans le désert le vent de sable se leva, mélangé à de la pluie, l'obscurité devint presque totale ; dans notre pénombre, nous manquons heurter un troupeau de chameaux déambulant au hasard, nous l'évitons au jugé, puis, par prudence, nous nous arrêtons sur le bas-côté de la route.

Les essuie-glaces ne fonctionnent plus, chaque goutte de pluie est porteuse de sable et, en quelques secondes, la vitre est obstruée et l'essuie-glace n'est pas assez puissant pour pousser ce sable ; je comprends mieux maintenant que les hommes s'enfouissent quand le vent de sable arrive : il n'y a rien à faire, et nous attendons que ça passe.

Une demi-heure plus tard, cela s'arrête, nous sortons de la voiture, et on dirait, si ce n'est la couleur, que la voiture est couverte de neige, elle n'a plus aucun contour marqué et doit peser trois tonnes ; il faut enlever tout le sable accumulé sur la vitre avant, le capot... mais aussi nettoyer le moteur, car, avec le vent, le sable pénètre partout même à l'intérieur avec les vitres fermées. Nous sommes sous une bonne étoile car, après quelques hoquets, le moteur repart.

Enfin, nous arrivons à la station-service, après le lavage de la voiture, le plein fait, nous repartons vers Beersheba, où nous arrivons à la nuit tombée : il nous a fallu 12 heures pour faire 400 kilomètres.

Le matin, visite du marché aux chèvres et aux moutons où les bédouins vendent leurs bêtes, les chèvres de toutes les couleurs, blanches, marron, noires, tachetées, les hommes avec leurs grandes gandouras noires ou blanches suivant leurs tribus, les femmes palestiniennes avec leurs robes noires brodées de fleurs de toutes les couleurs et les bédouines avec leurs robes uniformément noires, et puis la poussière intense qui vole partout, les cris des bêtes, les cris des hommes et par-dessus tout cela le soleil et les odeurs des uns et des autres. C'est haut en couleur, c'est le moins qu'on puisse dire.

La ville de Beersheba a une particularité, elle a d'immenses maisons, comme nos buildings, mais sans fenêtres ; les ouvertures sont remplacées par des meurtrières à cause de la chaleur, c'est très curieux, on dirait que chaque maison est une forteresse.

Départ pour Gaza, notre dernière étape, nous n'y sommes restés que très peu de temps car nous avons eu la peur de notre voyage. Nous étions la seule voiture dans les rues à part les half-tracks militaires, des soldats partout, derrière des sacs de sable, sur les terrasses et aux fenêtres, l'arme au poing, des fortins à chaque carrefour, et sur les toits des mitrailleuses lourdes qui suivaient la voiture dans ses déplacements, l'arme pointée. Au milieu de tout cela, c'était la sortie d'une école de jeunes filles, toutes en uniforme, jupes bleues, blouses blanches, en rang, déambulant dans les rues désertes, c'était irréel !

Les drapeaux israéliens, frappés de l'étoile de David, partout pour bien marquer leur position et leur place, pour ne pas qu'ils se tirent dessus, les uns les autres.

Devant l'ambiance angoissante de la ville, nous avons fait rapidement demi-tour et sommes sortis de Gaza en suivant une avenue bordée d'eucalyptus qui sentaient divinement bon. Un berger, avec ses brebis autour de lui, son chien à ses pieds, nous fit gentiment signe de la main, en nous offrant des dattes.

Nous ne savions plus très bien où nous étions, si la guerre était là, nous en sortions, si la paix était là, nous y étions. Je crois que c'est ce contraste qui est une des caractéristiques d'Israël, Paix et Guerre sont toujours présentes et doivent cohabiter sous peine de disparaître et d'être rayé de la carte.

Retour sans histoire à Jérusalem pour faire nos adieux et y déposer frère François, 10 jours sont déjà passés et il faut rentrer, mais nous emportons notre bien le plus précieux, nos souvenirs ; ces souvenirs que je viens d'évoquer et de transcrire ici sont toujours vivaces dans mon esprit.

Lorsque l'avion a décollé de Tel-Aviv et qu'il a survolé Jaffa, je me suis retourné pour voir le plus longtemps encore cette terre bénie des dieux que les hommes convoitent et qui sera encore pour longtemps à la pointe de l'actualité, comme un aiguillon pour faire avancer l'humanité.

Dans quel sens ?

C'est aux hommes de décider.

Conclusion

Depuis une quinzaine d'années, j'habite Pibrac, adorable petit village, juché sur une colline, entouré de deux paisibles ruisseaux, au milieu de cette magnifique campagne toulousaine qui sent les prémices du Gers, tout proche.

J'y ai construit une gentille maison que j'aime énormément, où je me sens bien et où j'écris ces quelques lignes.

Ce village vit s'arrêter Catherine de Médicis ; elle logea au château des comtes de Pibrac, qui existe toujours, avec son architecture austère de briques roses languedociennes, avant de se rendre au mariage de son fils, Louis le Quatorzième.

Pibrac s'enorgueillit aussi d'être la patrie de sainte Germaine qui y vit le jour il y a un siècle et demi.

Autre curiosité : deux « pubs » anglais drainent dans le village les citoyens de Sa Gracieuse Majesté, expatriés dans notre cité pour la construction des Airbus qui sillonnent notre ciel. Ces néo-Pibracais sont totalement intégrés à la population ; d'ailleurs, les rues toujours montantes ou descendantes évoquent un peu certains villages d'Angleterre.

On y goûte une certaine paix, un art de vivre dans le calme et la mesure. L'agitation n'y intervient que deux fois par an, d'abord pour les communiants toulousains que la tradition emmène à Pibrac au lendemain de leur communion, et le jour de Sainte-Germaine où des cars de toute la région arrivent, amenant des centaines de pèlerins qui, pour une journée, prennent possession de la petite cité.

Malgré le nombre croissant de résidents, il fait toujours aussi bon y vivre.

Comme dans tous les récits, on arrive toujours au dernier chapitre. Aujourd'hui, j'écris le mien. Il n'est pas triste, c'est la suite logique d'une vie pleine, faite de bons et de mauvais moments. D'actions d'éclat et d'erreurs profondes.

Elle aurait pu être différente, mais si je devais la revivre, je recommencerais :
à ne pas me prendre au sérieux ;
à ne pas faire trop de mal autour de moi ;
à ne pas travailler pour de l'argent, mais pour une création, une action, une idée ;
à faire moins d'erreurs pour moi et moins de peine pour les autres ;
à mieux m'occuper de mes enfants pour qu'ils soient mieux dans leur peau ;
à ne rien comprendre aux femmes mais savoir qu'avec l'expérience il ne faut même pas essayer si l'on veut être heureux ;
à savoir que l'on n'a jamais toujours raison, et si, un jour, on a eu raison contre tous, rester le plus modeste possible, c'était un coup de chance ;
à savoir que le bien qu'on a fait le matin sera oublié le soir ;
à ne rien attendre des autres ;
à savoir que l'on est seul devant la vie ;
à savoir que l'on est seul devant la mort ;
à toujours garder l'espoir.

Le hasard n'existe pas. Tout arrive parce que cela doit arriver. De notre volonté, nous pouvons modifier notre vie, la faire plus belle ou plus moche, mais seulement dans le temps qui nous est donné.

Nous ne vivrons pas une minute de plus ou une minute de moins de ce qui est prévu pour nous.

Faisons que notre passage soit le plus chouette possible pour nous et pour les autres et que le souvenir de notre vie soit un sourire.

Car, qu'on le veuille ou non, que c'est beau la vie !

Après avoir connu les vies de ces deux femmes exceptionnelles que furent ma grand-tante et ma grand-mère, si je me retourne sur mon passé, ma vie fut toute tranquille, même si, à certains moments, elle fut riche, tourmentée, surprenante, exceptionnelle, mais peu importe, ce fut la mienne et pour cela, elle est unique.

J'ai la chance de pouvoir ajouter : « elle fut belle ! », mais la part que j'y ai prise est prépondérante, je devrais dire :

« Je me la suis faite belle. »

Je pense aussi avoir toujours su tirer le positif des situations auxquelles j'ai été confronté et souvent, dans bien des cas, j'ai remercié la Providence qui a veillé sur moi et qui continue de le faire à ce jour.

Et demain ? Que va-t-il se passer demain ?

C'est, je crois, la question la plus importante à se poser aujourd'hui :

rester disponible,

savoir qu'on est faible, mais pas tout seul,

savoir que l'on ne connaît rien, que l'on ne sait rien et qu'il y a tellement de choses à savoir, de rencontres à faire...

Attendre demain avec curiosité et tolérance est une preuve de jeunesse.

Surtout être content de soi si on a rendu des gens heureux, si on a été juste et si on a fait pleurer au minimum les yeux que l'on aimait.

ACHEVÉ D'IMPRIMER
AUX ATELIERS KERDORÉ
22, rue du Jeu-de-Paume
53000 LAVAL
SUR LES PRESSES
DE BARNÉOUD A LAVAL
EN JUIN 1993
N° 10040

Dépôt légal : juillet 1993